COURS LEGENDRE
DEPUIS 1957

W0201816

6e

Mon année de collège

Maths

Trois utilisations

de votre cahier de cours et d'entraînement

- **Tout au long de l'année scolaire :**
  en complément des ressources scolaires, pour avoir une autre approche pédagogique au rythme de progression de l'enseignement donné en classe,
- **À chaque période de vacances scolaires :**
  pour consolider les acquis de la période scolaire qui vient de s'achever,
- **Pendant les vacances scolaires d'été :**
  pour revoir, en quatre ou cinq semaines, l'ensemble des points essentiels du programme de l'année écoulée et démarrer sereinement la rentrée.

Trois objectifs

① Permettre à l'élève d'être autonome dans son travail

- ✓ Un **programme cadencé**, découpé en périodes incluant cours et exercices d'application.
- ✓ Des **bilans-test** pour s'auto-évaluer.
- ✓ Des **fiches de synthèse** à la fin de chaque période avec les **points essentiels à retenir**.

② Accompagner l'élève dans ses apprentissages

- ✓ Une **maquette graphique** pour aider l'élève à **comprendre**, à **se repérer** et à **mémoriser.** Il est essentiel que l'élève se familiarise avec les repères visuels en amont de son travail.
- ✓ Plus de **80 exercices d'application** classés de ★ à ★★★ selon le **niveau de difficulté**. Pour que l'élève s'approprie ce cahier, la majorité des exercices peuvent être faits **dans le cahier lui-même**, pour conserver le travail accompli et mesurer la progression.

③ Amener l'élève à aller plus loin

- ✓ Un exercice d'un **niveau plus complexe** (exercice défi ★★★★) à la fin de chaque période pour permettre à l'élève de se dépasser.
- ✓ Une **ouverture** sur ce qui sera étudié en **classe supérieure** dans chaque fiche de synthèse.
- ✓ Des **annexes** complètent le cas échéant le manuel (selon les matières : fiches méthode, tableaux de conjugaison, conseils de lecture, ...).

Repères visuels
de votre cahier de cours et d'entraînement

Rappel

Dans la marge du cahier, ce pictogramme représentant un professeur devant son tableau, établit le dialogue avec vous, pour vous donner des conseils, attirer votre attention sur un point particulier, donner un repère, etc.

Apprendre et retenir

Éléments de cours à retenir, règle, définition, propriétés, etc.

Liste d'éléments à retenir

Liste d'éléments à retenir

Le pictogramme cf. annexes renvoie aux annexes en fin de cahier pour approfondir.

Remarque Point d'attention ou remarque particulière, soyez vigilants…

Comprendre et analyser

Analyse

Analyse, démonstration qui va favoriser la compréhension, il peut s'agir d'un exemple détaillé, d'un exercice résolu, etc.

Exemples

Repérables par leur couleur bleue, les exemples *sont parfois en écriture manuscrite*.

Appliquer et s'entraîner

EXERCICE 1 Niveau ★★★

Le niveau des exercices est indiqué par une (★) à trois (★★★) étoiles.

Lorsque les exercices ne peuvent pas être directement faits dans ce cahier, notez la page et le numéro de l'exercice sur votre feuille ou dans votre cahier personnels et conservez le travail accompli. Tous les autres exercices sont à faire dans ce cahier en utilisant les zones blanches de ce type ou de ce type :

Le niveau 4 (★★★★) étoiles des exercices est réservé à l'exercice défi de la fiche de synthèse, ils sont tous à réaliser sur votre feuille ou votre cahier personnels.

Écrivez sur une feuille ou dans votre cahier

Sommaire

4e période

Corrigés

BILAN-TEST

Répondez à chacune des questions ci-dessous.
Pour calculer votre score, reportez-vous aux pages de corrigé.
Chaque bonne réponse vous rapporte 1 point. Les réponses incorrectes ne rapportent aucun point.

Score

1 **Quelle est l'écriture décimale de $(52 \times 10000) + (7 \times 100) + 8 + \frac{3}{10} + \frac{5}{1000}$?**

☐ **a.** 5278,35 ☐ **b.** 520708,305 ☐ **c.** 52705,3

2 **0,0342 est le résultat de l'opération :**

☐ **a.** $34,2 \times 1000$ ☐ **b.** $3,42 \div 10$ ☐ **c.** $34,2 \div 1000$

3 **C est un cercle de centre O et de diamètre $[AB]$.**

☐ **a.** $\overset{\frown}{OB}$ est un arc de cercle ☐ **b.** $OA = 2 \times AB$

☐ **c.** $OA = OB$

4 **Si deux droites sont parallèles, toute perpendiculaire à l'une est :**

☐ **a.** parallèle à l'autre. ☐ **b.** perpendiculaire à l'autre.

☐ **c.** confondue avec l'autre.

5 **Complétez pour que l'inégalité suivante soit vraie : 5, ▢ 4 < 5,44**

☐ **a.** 0 ou 1 ou 2 ou 3 ☐ **b.** 0 ou 1 ou 2 ou 6

☐ **c.** 5 ou 6 ou 7 ou 8 ou 9

6 **Quel est le nombre à la fois divisible par 3 et 5 ?**

☐ **a.** 111 ☐ **b.** 4 730 ☐ **c.** 585

7 **Si ABC est un angle aigu, alors sa mesure est comprise entre :**

☐ **a.** 30° et 100° ☐ **b.** 0° et 90° ☐ **c.** 90° et 180°

8 **Le triangle ABC est :**

☐ **a.** rectangle en B

☐ **b.** isocèle en A

☐ **c.** isocèle en B

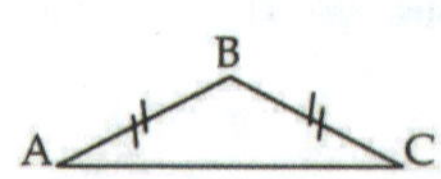

9 **La partie correspondante à la partie hachurée du carré est :**

☐ **a.** $\frac{1}{2}$

☐ **b.** $\frac{3}{4}$

☐ **c.** $\frac{5}{8}$

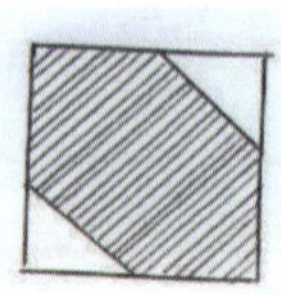

Score

10 Si on compare les fractions $\frac{5}{18}$ et $\frac{11}{36}$ alors :

☐ **a.** $\frac{5}{18} < \frac{11}{36}$ ☐ **b.** $\frac{5}{18} = \frac{11}{36}$ ☐ **c.** $\frac{5}{18} > \frac{11}{36}$

11 Un champ mesure 58 m de long et 32 m de large. Son périmètre vaut :

☐ **a.** 1 hm 8 m ☐ **b.** 90 m ☐ **c.** 18 dam

12 Si $[Oa)$ est la bissectrice de l'angle $\widehat{xOy}$ alors :

☐ **a.** $\widehat{xOa} = \widehat{xOy} \div 2$ ☐ **b.** $\widehat{xOy} = \widehat{xOa} \div 2$ ☐ **c.** $\widehat{xOy} = \widehat{xOa}$

13 La solution de l'équation $43,8 + x = 101,2$ est :

☐ **a.** 57,4 ☐ **b.** 145 ☐ **c.** 58,6

14 Un robinet d'eau permet de remplir un seau de 4 litres en 12 s. Combien de temps, avec le même robinet, faut-il pour remplir une baignoire de 70 litres ?

☐ **a.** 23 min 20 s ☐ **b.** 3 min 30 s ☐ **c.** 280 s

15 A est le symétrique de B par rapport à (d') :

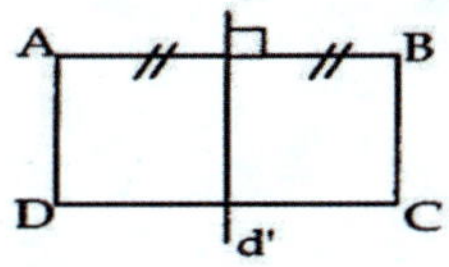

☐ **a.**

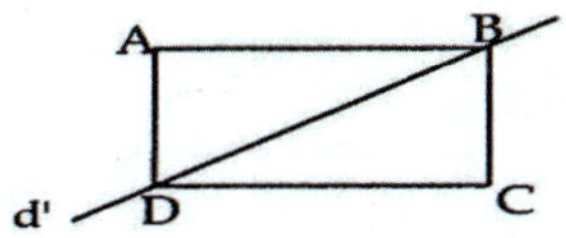

☐ **b.**

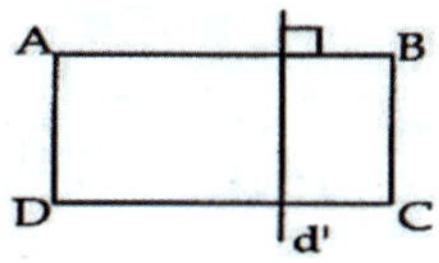

☐ **c.**

16 Un triangle ayant un axe de symétrie est toujours :

☐ **a.** équilatéral ☐ **b.** rectangle ☐ **c.** isocèle

17 Si D est le symétrique de C par rapport à (AB) alors :

☐ **a.** (AB) est la médiatrice de $[CD]$ ☐ **b.** (CD) est la médiatrice de $[AB]$

☐ **c.** (AB) est la médiatrice de $[AB]$

18 Le coefficient de proportionnalité du tableau suivant est :

1,5	7	10,3
3,75	17,5	25,75

☐ **a.** 0,4 ☐ **b.** 2,25 ☐ **c.** 2,5

19 130 m^3 est égal à :

☐ **a.** 130 000 litres ☐ **b.** 1,3 dam ☐ **c.** 1 300 dm^3

20 Quelle est la distance réelle entre deux villages lorsque leur distance sur une carte à l'échelle 1:200 000 est égale à 3,5 cm ?

☐ **a.** 7 000 cm ☐ **b.** 57 142 cm ☐ **c.** 7 km

Votre score total

1re période

LEÇON 1 Les nombres

I - Les entiers naturels

Un peu d'histoire : chiffres romains et chiffres arabes

Depuis l'antiquité, les hommes utilisent des signes pour écrire des nombres .
Parmi ces signes : les chiffres romains : I, V, X, D, C.
On écrit par exemple : chapitre XX.

Quotidiennement, nous utilisons les chiffres arabes.

Les chiffres arabes sont au nombre de dix : $0, 1, 2, 3, 4, 5, 6, 7, 8, 9$
Ils nous permettent d'écrire l'ensemble des nombres.

Les nombres entiers naturels sont ceux que l'on utilise pour dénombrer.
On note $\mathbb{N}$ cet ensemble.
$\mathbb{N} = \{0, 1, 2, ...\}$
Les nombres entiers naturel sont en nombre infini.

II - Lecture et écriture des nombres décimaux

Les nombres décimaux sont utilisés pour les mesures. Pour représenter les nombres on définit un système de numération. Celui que nous utilisons couramment est le système de numération décimale dans laquelle chaque groupement de 10 unités représente une unité de l'ordre immédiatement supérieur.

Pour plus de facilité, nous pouvons utiliser ce type de tableau

Classe des milliards			Classe des millions			Classe des mille			Classe des unités			Classe des dixièmes	Classe des centièmes	Classe des millièmes
c	d	u	c	d	u	c	d	u	c	d	u			
				1	2	4	5	6	3	0	0			
										9	2	4	0	7

Remarque Ce tableau nous permet d'obtenir plus simplement différentes écritures d'un même nombre.

Analyse

Le nombre $12\ 456\ 300$ inscrit dans le tableau se lit *douze millions quatre cent cinquante-six mille trois cents*.

Il contient :

➔ $1\ 245$ dizaines de mille car $12\,456\,300 = 1\,245 \times 10\,000 + 6\,300$
➔ $12\ 456\ 300 = 124\ 563$ centaines d'unités car $12\,456\,300 = 124\,563 \times 100$

Le nombre $92{,}407$ peut se lire *quatre-vingt-douze virgule quatre cent sept millièmes* ou *quatre-vingt-douze unités quatre cent sept millièmes*, car :

➔ $92,407 = 92 \times 1 + 407 \times \mathbf{0,001}$

➔ $92{,}407$ peut se lire *quatre-vingt-douze mille quatre cent sept millièmes*, car :
$92,407 = 92\,407 \times \mathbf{0,001}$

Nous venons de voir une *écriture à virgule*, utilisant chiffres et virgule d'un nombre, appelée **écriture décimale**.

Il existe **différentes écritures pour un même nombr**e :

- $92{,}407$ est l'écriture **décimale** d'un nombre.
- *quatre-vingt-douze virgule quatre cent sept millièmes* est l'écriture **littérale** de
- ce même nombre
- $92,407 = 92 \times 1 + 407 \times 0,001$ est une écriture **par décomposition**.

  $0,001 = \dfrac{1}{1\,000}$ donc on peut écrire$92,407 = 92 + \dfrac{407}{1\,000}$

92 représente la **partie entière** et $0{,}407$ la **partie décimale** (plus petite que l'unité).

Remarque $5 = 5{,}00$ donc 5 est un nombre décimal. Dans son écriture décimale, sa partie décimale est nulle. Un nombre entier est un nombre décimal !

III - Multiplications par 10, 100, 1 000...

Analyse

D'après le tableau du chapitre II :

- $92,407$ = 92 unités et 407 millièmes (le chiffre des unités 2 est dans la colonne des unités)
- $92,407 \times 10$ peut se lire $92,407$ *dizaines* (car une dizaine est égale à dix unités).
  ➔ On obtient le nombre $92,407$ dizaines dans le tableau en plaçant le chiffre 2 dans la colonne des dizaines donc la virgule est déplacée d'un rang vers la droite
  ➔ $92,407 \times 10 = 924,07$ unités $= 924,07$

- $92,407 \times 100$ peut se lire $92,407$ *centaines* (car une centaine est égale à cent unités).
  ➔ On obtient le nombre $92,407$ dizaines dans le tableau en plaçant le chiffre 2 dans la colonne des centaines donc la virgule est déplacée d'un rang vers la droite
  ➔ $92,407 \times 100 = 9\,240,7$

Pour multiplier un nombre par 10, 100, $1\ \ 000$ ... on déplace la virgule vers la droite d'autant de rangs qu'il y a de zéros dans 10, 100, $1\ \ 000$ ... en remplaçant les rangs manquants par des zéros.

Exemple

- $1\,257,45 \times 10 = 12\,574,5$
  ➔ Je déplace la virgule d'un rang vers la droite.
- $1\,257,45 \times 1\,000 = 1\,257\,450$
  ➔ Je déplace la virgule de 3 rangs vers la droite et j'ajoute un zéro après le 5.

IV - Divisions par 10, 100, 1 000...

Analyse

- $92,407 \div 10 = 92,407 \times \dfrac{1}{10} = 92,407 \times 0,1$

  $92,407 \times 0,1$ peut se lire $92,407$ *dixièmes*. On place le nombre $92,407$ dixièmes en plaçant le chiffre 2 dans la colonne des dixièmes et on lit $9,2407$ unités.
  ➔ On obtient $92,407 \times 0,1 = 9,2407$.
  ➔ On observe que la virgule a été déplacée d'un rang vers la gauche.

- $92,407 \div 100 = 92,407 \times \dfrac{1}{100} = 92,407 \times 0,01$

  $92,407 \times 0,01$ peut se lire $92,407$ *centièmes*. On place le nombre $92,407$ centièmes en plaçant le chiffre 2 dans la colonne des centièmes et on lit
  $0,92407$ unités.
  ➔ On obtient : $92,407 \times 0,01 = 0,92407$.
  ➔ On observe que la virgule a été déplacée de deux rangs vers la gauche.

- **Diviser un nombre par 10, 100, $1\ \ 000$ c'est aussi multiplier par $0,1$; $0,01$; $0,001$.**
- **Pour diviser un nombre par 10, 100, $1\ \ 000$, on déplace la virgule vers la gauche d'autant de rangs qu'il y a de zéros dans 10, 100, $1\ \ 000$... en remplaçant les rangs manquants par des zéros.**

1re période

V - Écriture fractionnaire des nombres

Exemple

$\frac{49}{10}$ se lit *quarante-neuf dixièmes*.

On peut donc écrire $\frac{49}{10} = 49 \times 0,1$ donc on a l'égalité $\frac{49}{10} = 4,9$.

$\frac{49}{10}$ est le **quotient de deux nombres entiers donc c'est une fraction**.

L'écriture $\frac{49}{10}$ est appelée **écriture fractionnaire** du nombre $4,9$.

On admet que tout nombre décimal peut s'écrire sous la forme d'une fraction. On dit que tout nombre décimal a une écriture fractionnaire.

EXERCICE 1

Niveau ★

Écrivez sur une feuille ou dans votre cahier

1. Calculer les nombres suivants, donner une écriture décimale s'il y a lieu.

$A = 40 \times 1\,000 + 3 \times 100 + 5 \times 10 + 8$

$B = 300 \times 1\,000 + 2 \times 100 + 3$

$C = 7 \times 1\,000\,000 + 4 \times 100 + 5 + \frac{3}{10} + \frac{1}{100}$

2. Écrire les nombres précédents en toutes lettres (en écriture littérale)
3. Indiquer pour chacun d'eux le nombre de milliers, de centaines et de dizaines.

EXERCICE 2

Niveau ★

Traduire les écritures suivantes en nombres :

- Quatre-vingt-quatre mille deux cent six.
- Trois millions sept cent quatre-vingt-quatorze mille huit cent vingt-sept.
- Cinquante millions six mille quatre.

EXERCICE 3

Niveau ★★

Compléter les égalités :

- $34,501 \div 10 =$
- $3456,4 \times 10 =$
- $534,05 \div 1000 =$
- $345,604 \times 100 =$
- $178,5 \div$ ______ $= 0,1785$
- $34,5604 \times$ ______ $= 3456,04$
- $14,18 \div$ ______ $= 0,001418$
- $78,57 \times$ ______ $= 785700$
- $0,049 \times$ ______ $= 4,9$

EXERCICE 4

Niveau ★★

1. **Écrire les nombres suivants en écriture fractionnaire :**

$0{,}4$ $0{,}03$ $4{,}6$ $0{,}90$ $72{,}25$ $3{,}251$ $0{,}0015$

2. **Donner une écriture décimale des nombres suivants :**

$\frac{15}{100}$ $\frac{3}{10}$ $\frac{72}{1000}$ $\frac{29}{10}$ $\frac{415}{100}$ $\frac{70}{10}$ $\frac{1425}{1000}$ $\frac{725070}{1000}$

3. **Donner l'écriture décimale et fractionnaire des nombres suivants :**

- Quatre-vingt-douze dixièmes
- Cinq mille deux cent cinq millièmes
- Cent vingt-cinq dix millièmes

EXERCICE 5

Niveau ★★★

Que représente le chiffre 3 dans l'écriture de chacun des nombres suivants ?

- 9,53
- 13,5
- 0,863
- 302
- 17,3

EXERCICE 6

Niveau ★★★

Le corps humain contient 5 L de sang. Chaque millilitre de sang contient 5 000 millions de globules rouges. Chaque globule rouge a la forme d'un disque de diamètre 0,007 mm. On imagine que l'on dispose tous les globules rouges d'un corps humain côte à côte.
La circonférence de la Terre est d'environ 40 000 km.
Pourrait-on faire le tour de la Terre ?

1re période

LEÇON 2 # Les approximations

1re période

Ici nous utiliserons l'écriture décimale des nombres . Nous avons vu dans la leçon précédente les différentes écritures des nombres.

I - Ordre de grandeur d'un nombre

Analyse

Soit à effectuer l'addition suivante : $4\,056 + 242$

- $4\ 056$ est proche de $4\ 000$.
- 242 est proche de 200.
- Le résultat sera donc proche de $4\ 200$.

➔ Le résultat exact sera donc :

$$\begin{array}{r} 4\,0\,5\,6 \\ +\quad 2\,4\,2 \\ \hline 4\,2\,9\,8 \end{array}$$

Attention Il faut être **vigilant quant à la disposition des chiffres**. Il y a des erreurs à ne pas commettre. Les chiffres des unités des différents nombres doivent être les uns au-dessus des autres. Il en est de même pour ceux des dizaines, des centaines, des milliers....

Cas des nombres décimaux

La technique opératoire ne change pas mais nous devons **tenir compte de la virgule**.

Analyse

Soit à calculer : $2{,}9 + 13{,}105$

➔ $\underbrace{2}_{\text{unité}},\underbrace{9}_{\text{dixième}}$ $\quad$ $1\underbrace{3}_{\text{unité}},\underbrace{1}_{\text{dixième}}\ \underbrace{0}_{\text{centième}}\ \underbrace{5}_{\text{millième}}$

$$\begin{array}{r} \oplus 1\quad\quad\quad \\ 2\ ,\ 9\quad\ \ \\ +\ 1\ 3\ ,\ 1\ 0\ 5 \\ \hline 1\ 6\ ,\ 0\ 0\ 5 \end{array}$$

Remarque Nous remarquons que les virgules des deux nombres sont au-dessus l'une de l'autre car il faut placer les chiffres de même *rang* les uns sous les autres.

Comment trouver ici l'**ordre de grandeur de la somme** (*résultat de l'addition*) ?

Analyse

Nous savons écrire $2{,}9$ et $13{,}105$ sous la forme suivante :

- $2{,}9 = 2 + \dfrac{9}{10}$ ➔ 2 est la partie entière et $\dfrac{9}{10}$ est la partie décimale.
- $13{,}205 = 13 + \dfrac{205}{1000}$

➔ Le résultat est donc proche de $13 + 3 = 16$.
➔ 16 est un ordre de grandeur de la somme tandis que $16{,}005$ est le résultat exact.

II - Addition, soustraction, multiplication

1. Addition

Analyse

Soit l'opération : $290{,}3 + 41{,}5$ qui a pour ordre de grandeur $290 + 40 = 330$.

➔ On note : $290{,}3 + 41{,}5 \asymp 290 + 40$
$290{,}3 + 41{,}5 \asymp 330$

➔ Le résultat est la somme des deux termes $290{,}3$ et $41{,}5$ est $331{,}8$.

Remarque Nous pouvons **changer l'ordre des termes** et nous trouverons la même somme. Cela est utile pour calculer plus rapidement.

Exemple

$78 + 29 + 12 + 11$ peut s'écrire :

$$\underbrace{\underbrace{78 + 12}_{90} + \underbrace{29 + 11}_{40}}_{130}$$

2. Soustraction

Analyse

Soit l'opération : $405 - 203$ ➔ ordre de grandeur : $400 - 200 = 200$

➔ 405 et 203 sont les termes de différence.

Attention Contrairement à l'addition, nous ne pouvons **pas modifier l'ordre des termes** :
$203 - 405 \neq 405 - 203$

3. Multiplication

Analyse

Soit l'opération : $26,9 \times 4,2$ ➔ ordre de grandeur : $27 \times 4 = 108$

➔ On note : $26,9 \times 4,2 \backsimeq 27 \times 4 = 108$
➔ $26,9$ et $4,2$ sont les facteurs du produit.

Remarque On place la virgule dans le produit en sachant que le résultat doit avoir autant de décimales que les deux facteurs réunis.

Analyse

$$\begin{aligned} 26,9 \times 4,2 &= (269 \times 0,1) \times (42 \times 0,1) \\ &= (269 \times 42) \times (0,1 \times 0,1) \\ &= 11\,298 \times 0,01 \\ &= 11\,298,0 \times 0,01 \text{ car } 11\,298 = 11\,298,0 \\ &= 112,98 \end{aligned}$$

➔ On effectue donc le produit 269×42 puis on déplace la virgule, comme vu précédemment.

Posons l'opération :

$$\begin{array}{rrrrr} & & 2 & 6, & 9 \\ & & \times & 4, & 2 \\ \hline & & 5 & 3 & 8 \\ 1 & 0 & 7 & 6 & . \\ \hline 1 & 1 & 2, & 9 & 8 \end{array} \quad \left.\begin{array}{l} \\ \\ \end{array}\right\} 1 + 1 = 2 \text{ chiffres derrière la virgule}$$

Nous pouvons aussi **changer l'ordre des facteurs d'un produit** de manière à effectuer des calculs plus rapides.

Exemple

$2,5 \times 2,7 \times 3 \times 4$ peut s'écrire :

$$\underbrace{\underbrace{2,5 \times 4}_{10} \times \underbrace{2,7 \times 3}_{8,1}}_{81}$$

Analyse

Soit l'opération : $2\,549,3 \times 0,01 = 25,493$

L'écriture fractionnaire de $0,01$ est $\frac{1}{100}$.

➔ Nous pouvons donc écrire : $2\,549,3 \times 0,01 = \frac{2\,549,3 \times 1}{100}$,

➔ ce qui équivaut à écrire $2\,549,3 \div 100 = 25,493$.

Rappel : lorsque nous devons multiplier un nombre par $0,1$; $0,01$; $0,001$... nous pouvons diviser le nombre par 10, 100, $1\ 000$...

EXERCICE 7

Niveau ★

Écrivez sur une feuille ou dans votre cahier

Regrouper les différents termes des opérations suivantes de manière à effectuer des calculs plus simples et plus rapides.

Contrôler votre résultat en utilisant le calcul de l'ordre de grandeur.

- $24,07 + 10,5 + 0,03 + 9,5$
- $0,04 + 2,9 + 1,16 + 0,1$
- $14,035 + 7,02 + 9,465 + 0,08$

EXERCICE 8

Niveau ★★

Effectuer les produits suivants en utilisant des regroupements.

Donner le détail de chaque opération.

- $0,04 \times 2,76 \times 9,2 \times 25$
- $5 \times 11,32 \times 4,25 \times 200$
- $5 \times 8,3 \times 2,12 \times 0,02$

EXERCICE 9

Niveau ★★★

Remplissez les trous dans les opérations suivantes :

$$\begin{array}{ccccccc}
 & 3 & \square & 1 & 5 & 4 & 7 \\
+ & 1 & 0 & \square & 1 & 6 & 7 \\
+ & & 6 & 8 & 2 & 7 & \square \\
+ & 5 & 0 & 2 & 0 & \square & 4 \\
\hline
\square & \square & 0 & 4 & \square & 3 & 1
\end{array}$$

$$\begin{array}{ccccc}
 & 3 & 7, & 5 & 3 \\
\times & & \square & & \\
\hline
\square & \square & \square, & \square & 1
\end{array}$$

LEÇON 3 Droites, cercles et angles

I - Utilisation d'une règle graduée seule

1. Droite, demi-droite et segment de droite

Nous pouvons marquer des points A, B, C situés sur une droite. Nous allons devoir nous familiariser avec un certain mode d'écriture.

Analyse

Observons la figure ci-dessous :

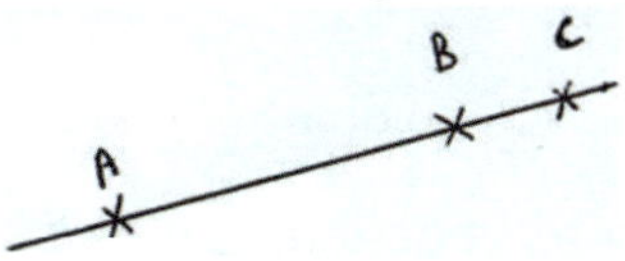

→ Nous pouvons nommer plusieurs droites et plusieurs segments de droite :

- la droite (AB) ou (BA) du segment $[AB]$ ou $[BA]$
- la droite (BC) ou (CB) du segment $[BC]$ ou $[CB]$
- la droite (AC) ou (CA) du segment $[AC]$ ou $[CA]$

→ Une droite peut aussi être nommée à l'aide d'une seule lettre. On parle souvent de droite (d) ou Δ (delta).

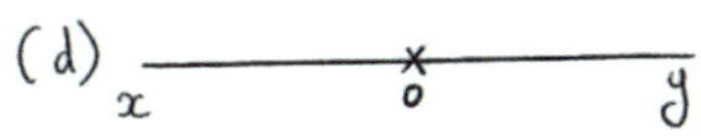

La droite (d) ou encore (xy) passe par le point O. Ce point partage la droite en deux portions de droite ou demi-droites d'origine O.

→ Il s'agit des demi-droites $[Ox)$ et $[Oy)$ qui peuvent être représentées de la façon suivante : demi-droite $[Ox)$

→ Des droites qui se coupent sont appelées des droites **sécantes** (penser à *sécateur*). (d) et (Δ) sont sécantes en A car elles se coupent au point A.
A est le point d'intersection de (d) et(Δ).

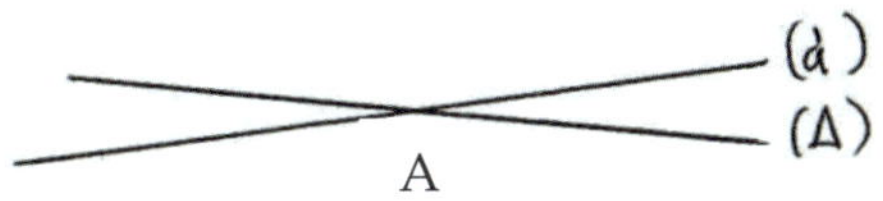

2. Milieu d'un segment

I sera le milieu du segment $[AB]$ si les points A, I et B sont alignés et si les longueurs des segments $[IA]$ et $[IB]$ sont identiques.

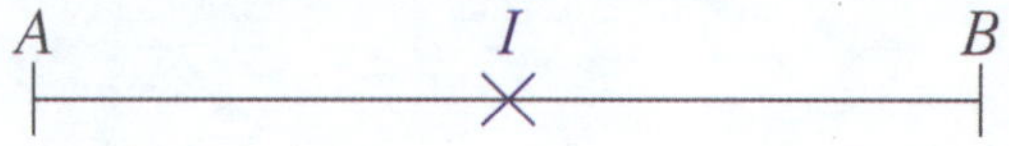

On écrira alors $IA = IB$ (on remarque que les crochets ont disparu, ce qui veut dire que nous parlons de la mesure (en cm ou une autre unité) de $[IA]$ ou $[IB]$).

Le milieu d'un segment est le point de ce segment situé à égale distance des extrémités de ce segment.

3. Egalité des longueurs

Deux segments ont la même longueur lorsqu'ils sont superposables.

II - Utilisation du compas

Analyse

Plaçons un point O.
Comment pouvons-nous tracer tous les points situés à 2 cm du point O ?

- Prenons une règle graduée et marquons le plus de points possibles situés à 2 cm de O.
- Les points forment un cercle.
- Le cercle de centre O et de rayon 2 cm est formé de tous les points situés à 2 cm de O.

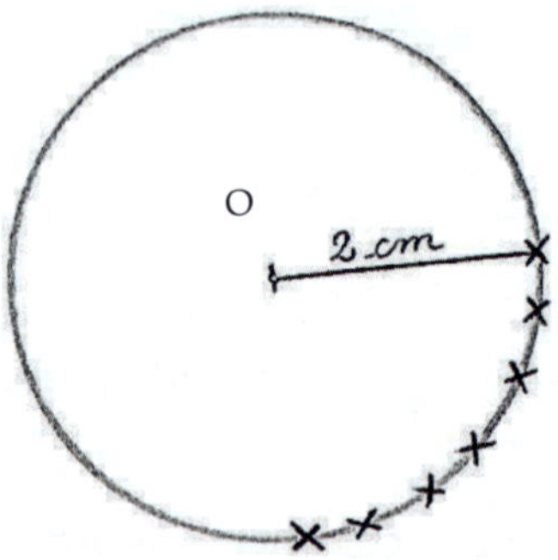

Attention Ne pas confondre cercle et disque.

- **Le cercle est une ligne fermée dont tous les points sont à égale distance d'un même point appelé centre.**
- **Le disque est constitué des points du cercle et de son intérieur. Les points de l'intérieur sont situés à une distance inférieure ou égale au rayon du cercle du centre du cercle.**

Analyse

Calcul de la longueur de la circonférence (contour du disque) ou périmètre du cercle

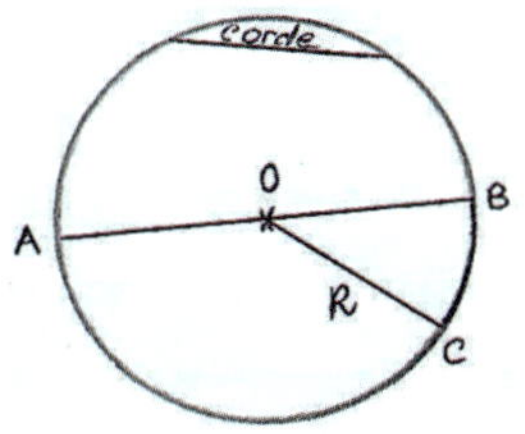

$[OC] =$ rayon R
$\overset{\frown}{BC} =$ arc de cercle
$[BC] =$ corde

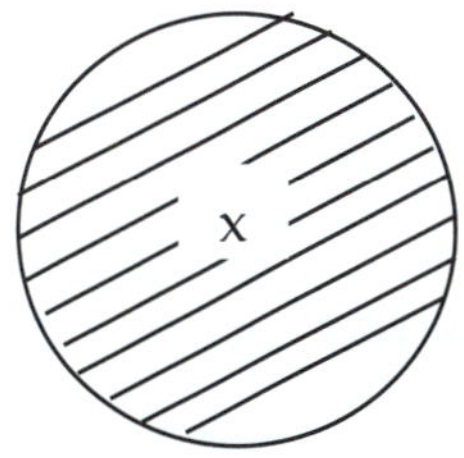

disque

Cette longueur est $\mathcal{P} = \pi \times D = 2 \times \pi \times R$ avec $\pi \approx 3,14$

➔ $3,14$ est une valeur approchée du nombre *pi* qui se note π.

Le périmètre d'un cercle est $\mathcal{P} = \pi \times D = 2 \times \pi \times R$ avec D le diamètre et R le rayon du cercle.

Exemples

- $R = 5$ cm ➔ $\mathcal{P} = 2 \times \pi \times 5 \approx 2 \times 3,14 \times 5 \approx 31,4$cm
- $R = 5$ cm ➔ $D = 2 \times R = 10$ cm ➔ $\mathcal{P} \approx 3,14 \times 10 \approx 31,4$ cm

III - Figures usuelles

1. Rectangle

1.1. Définition

Un rectangle est un quadrilatère qui a quatre angles droits.

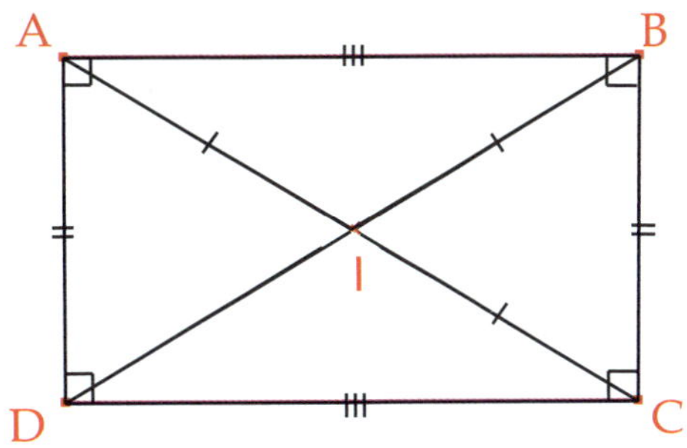

1.2. Propriétés du rectangle

Si un quadrilatère est un rectangle, alors il a ses côtés opposés parallèles et de même longueur.

Ici, $(AB) // (CD)$ et $AB = CD$.
$(AD) // (BC)$ et $AD = BC$.

Si un quadrilatère est un rectangle, alors ses diagonales ont le même milieu et la même longueur.

Ici, $[AC]$ et $[BD]$ ont pour milieu I et $AC = BD$.

2. Losange

2.1. Définition

Un losange est un quadrilatère qui a ses quatre côtés de même longueur.

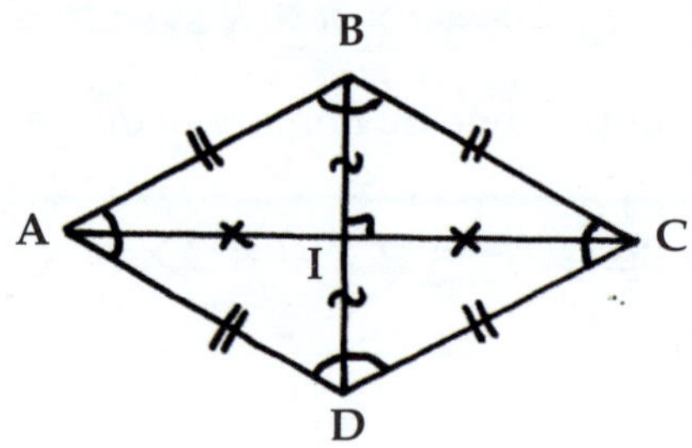

2.2. Propriétés du losange

Si un quadrilatère est un losange, alors il a ses côtés opposés parallèles.

Ici, $(AB)//(DC)$ et $(AD)//(BC)$.

Si un quadrilatère est un losange, alors ses angles opposés sont égaux.

Ici, $\widehat{ABC} = \widehat{ADC}$ et $\widehat{BAD} = \widehat{BCD}$.

Si un quadrilatère est un losange, alors ses diagonales ont le même milieu et sont perpendiculaires.

Ici, $[AC]$ et $[BD]$ ont pour milieu I et $(AC) \perp (BD)$.

3. Carré

3.1. Définition

Un carré est un quadrilatère qui est à la fois un rectangle et un losange.

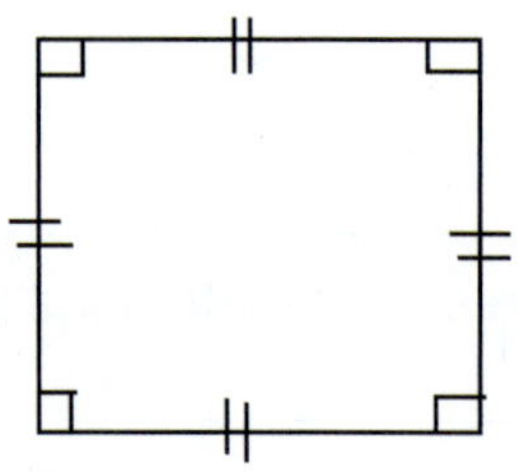

3.2. Propriétés du carré

Un carré a les propriétés du losange et du rectangle.

EXERCICE 10 Niveau ★

Écrivez sur une feuille ou dans votre cahier

Marquez 4 points A, B, C et D dispersés sur une feuille de papier et nommez au moins :

- trois segments de droite
- trois droites
- deux droites qui se coupent en un des quatre points

EXERCICE 11 Niveau ★

Tracez un segment $[AB]$ dont la longueur mesure 8 cm. Marquez le milieu M de $[AB]$. Calculez les mesures des longueurs des segments formés si on marque le point N milieu de $[BM]$.

EXERCICE 12 Niveau ★★

Autour d'un bassin circulaire de 2 m de rayon, on veut placer un grillage à 50 cm du bord.

Quelle longueur de grillage doit-on acheter ?

On choisira l'unité la plus adaptée.

EXERCICE 13 Niveau ★★★

Dites si les affirmations suivantes sont vraies ou fausses :

- Les diagonales de $ABCD$ ont le même milieu et sont perpendiculaires donc $ABCD$ est un carré.
- Un losange peut être un carré.
- Un losange est toujours un carré.
- Un carré est toujours un losange.
- Un quadrilatère qui a trois côtés de même longueur est un losange.

1re période

LEÇON 4

Parallélisme et orthogonalité

I - Droites perpendiculaires

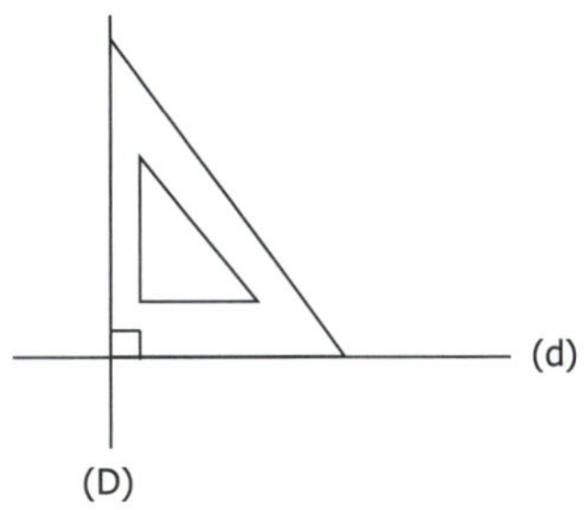

L'équerre est un instrument comportant un angle droit c'est-à-dire un angle qui mesure 90°. Les droites (D) et (d) se coupent en formant quatre angles droits. On dit que ces droites sont perpendiculaires, ce qui s'écrit : $(D) \perp (d)$.

Analyse

Traçons la perpendiculaire à la droite (AB) passant par le point C.

- On pose l'un des côtés de l'angle droit de l'équerre sur la droite (AB).
- Puis on fait glisser celle-ci jusqu'à ce qu'elle rencontre le point C.
- À ce moment nous pouvons tracer la droite (D) perpendiculaire à (AB) et passant par C.
- Par ce point, nous ne pouvons tracer qu'une seule perpendiculaire à la droite (AB).

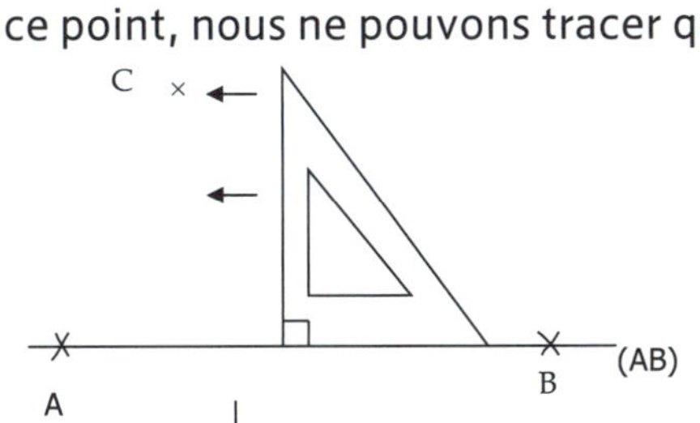

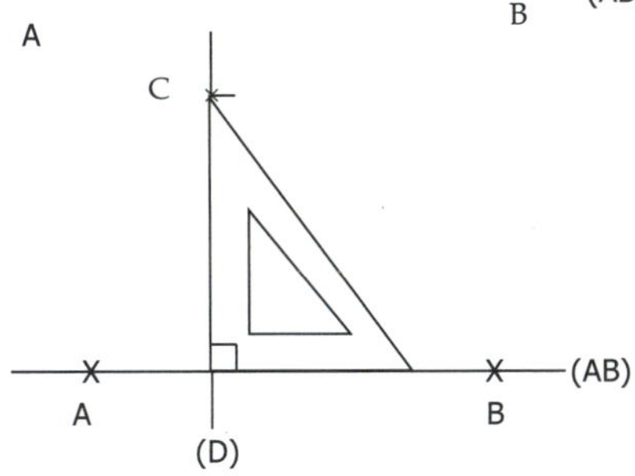

II - Droites parallèles

1. Définition

Dans un plan, deux droites qui ne se coupent pas sont parallèles.
Le symbole // signifie *est parallèle à* ou *a même direction que* .

Analyse

Comment construire des droites parallèles ?

- On construit la droite (D) parallèle à (AB) passant par le point C.
- On trace la droite (AB) sur laquelle on place un côté de l'équerre. On trace une droite de construction sur un autre côté de l'équerre.
- On fait ensuite glisser l'équerre sur la droite de construction jusqu'à ce que le premier côté rencontre le point C.
- On trace alors la droite (D) parallèle à (AB).

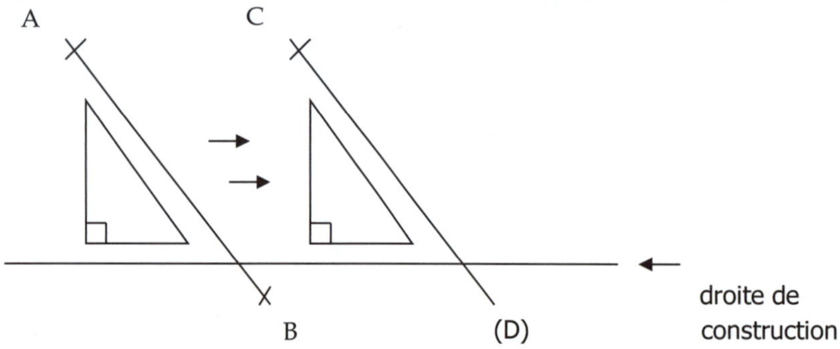

2. Propriétés

- **Si deux droites sont perpendiculaires à une même troisième droite, alors elles sont parallèles entre elles.**
- **Si deux droites sont parallèles, alors toute droite perpendiculaire à l'une est perpendiculaire à l'autre.**
- **Si deux droites sont parallèles à une même troisième droite, alors elles sont parallèles entre elles.**

Rappel

Pour déterminer la distance d'un point A à une droite (D) qui ne passe pas par A il faut :

- tracer la perpendiculaire à la droite (D) passant par le point A.
- marquer le point d'intersection de cette perpendiculaire et de la droite (D).
- Si on nomme H ce point d'intersection alors AH est la distance du point A à la droite (D).

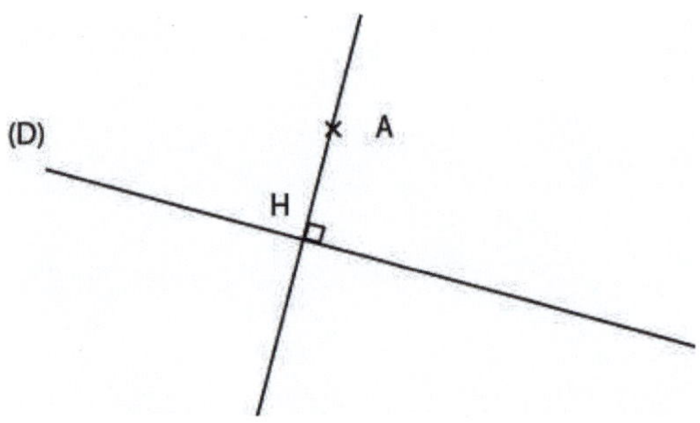

AH est la distance du point A à la droite (D).

3. Distance entre deux droites parallèles

Analyse

Sur la figure ci-dessous, on a tracé les droites (D) et (D'), elles sont parallèles. La droite (Δ) est perpendiculaire à (D') en C. Or, si deux droites (D) et (D') sont parallèles, toute droite perpendiculaire à l'une est perpendiculaire à l'autre.

➔ Donc (Δ) est perpendiculaire à (D) en C'. On a noté C' le point d'intersection de (Δ)et (D).
De même, on a noté C le point d'intersection de (Δ)et (D').
La longueur du segment CC' est la distance entre les deux droites (D) et (D').

➔ Donc la distance entre les deux droites (D) et (D') est égale à 1 cm.
➔ Chaque point de la droite (D) est à la même distance de la droite (D') car les droites sont parallèles.

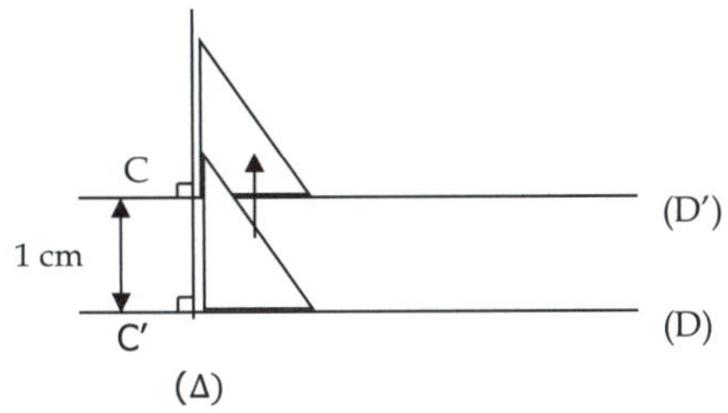

Remarque Sur la figure ci-dessus, CC' est la distance du point C à la droite (D). CC' est aussi la distance du point C' à la droite (D').

Utilisation des symboles ∈ et ∉
- **Le symbole ∈ signifie *appartient à*.**
- **Le symbole ∉ signifie *n'appartient pas*.**

EXERCICE 14

Niveau ★★

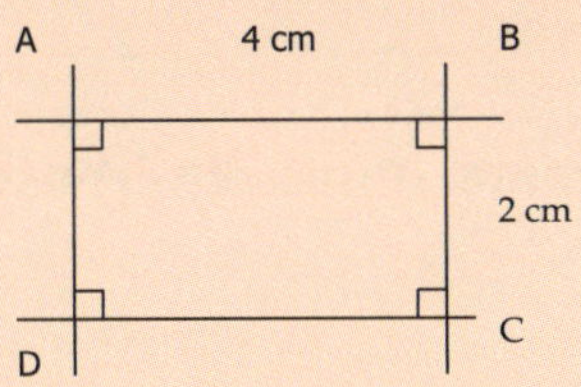

La figure n'est pas à l'échelle.

Répertoriez les droites parallèles et les droites perpendiculaires.
Rédigez un énoncé permettant de transmettre la figure par téléphone.

Écrivez sur une feuille ou dans votre cahier

EXERCICE 15

Niveau ★★

Recherchez des quadrilatères ayant des caractéristiques semblables.

EXERCICE 16

Niveau ★★★

Dites si l'affirmation suivante est vraie ou fausse :
Un quadrilatère qui a trois angles droits est un rectangle.

FICHE DE SYNTHÈSE 1re PÉRIODE

CE QU'IL FAUT RETENIR

Les nombres entiers

- En **écriture littérale**, on écrit les nombres par tranche de trois chiffres de gauche à droite en indiquant la classe :
  cent vingt quatre millions cinq cent soixante mille trois cents unités
- En **écriture décimale**, on espace les chiffres par tranche de trois par classes : $124\ 560\ 300$

Les nombres décimaux

- En **écriture littérale**, on sépare la **partie entière** (à gauche de la virgule) de la **partie décimale** à droite lorsqu'elle n'est pas nulle :
  quatre vingt douze unités quatre cent sept millièmes
- En **écriture décimale**, pour la partie décimale (à droite de la virgule) on espace par tranche de trois chiffres en partant de la gauche vers la droite : $92{,}407$

Règle de multiplication par 10, 100, 100... par 0,1 ; 0,01 , 0,001...

- Pour multiplier un nombre par 10, 100, 1 000... **on déplace la virgule vers la droite d'autant de rangs qu'il y a de zéros** dans 10, 100, 1 000...en remplaçant les rangs manquants par des zéros.
- **Multiplier un nombre par 0,1 ; 0,01 ; 0,001 c'est aussi diviser** ce nombre par 10, 100, 1 000 ➔ Pour diviser un nombre par 10, 100, 1 000, (ou pour le multiplier 0,1 ; 0,01 ; 0,001) on déplace la virgule vers la gauche d'autant de rangs qu'il y a de zéros dans 10, 100, 1 000... en remplaçant les rangs manquants par des zéros.

Ordre de grandeur, d'un nombre, d'une somme, d'une différence d'un produit

L'ordre de grandeur d'un nombre est un **nombre entier le plus proche** (qui n'est pas égal au nombre initial en général) **qui permet d'estimer le résultat** d 'une opération et de contrôler les erreurs éventuelles.

Addition, soustraction, multiplication

L'addition est commutative $a+b=b+a$, mais ce n'est pas le cas de la soustraction $a-b \neq b-a$.
La multiplication est commutative $a \times b = b \times a$, mais ce n'est pas le cas de la division $a \div b \neq b \div a$.

CE QU'IL FAUT RETENIR

Vocabulaire de base et notation en géométrie plane

Figure	Définition et propriété
On note (AB) la **droite** qui passe par les points A et B.	Par deux points, il ne passe qu'une seule droite. (Axiome d'Euclide)
On note $[Ox)$ la **demi-droite** d'origine O.	• Deux demi-droites sont opposées si elles ont même origine, même direction mais des sens contraires. • Un point partage une droite en deux demi-droites opposées.
On note $[AB]$ le **segment** tracé. I est le milieu de $[AB]$.	• Le segment $[AB]$ est l'ensemble des points de la droite (AB) compris entre les points A et B. • A et B sont les extrémités du segment $[AB]$. • Le milieu du segment $[AB]$ est le point de $[AB]$ situé à la même distance de A et de B.
Les droites (d) et (Δ) sont **sécantes** en A : elles se coupent en A.	Deux droites sont sécantes en un point A si elles n'ont qu'un seul point commun : le point A.
Les droites (d) et (D) sont **perpendiculaires**. On note $(d) \perp (D)$	Deux droites sont perpendiculaires si elles se coupent en formant un **angle droit**.
Les droites (AB) et (D) sont **parallèles**. On note $(D)//(AB)$	Deux droites sont parallèles si elles n'ont aucun point commun.
Si $(D)//(D')$ et si $(CC') \perp (D)$ alors $(CC') \perp (D')$	Si deux droites sont parallèles, toute droite perpendiculaire à l'une est perpendiculaire à l'autre.
On note $\mathcal{C}(0;r)$, le **cercle** de **centre** O et de **rayon** r	Un cercle de centre O et de rayon r est l'ensemble des points situés à la même distance égale au rayon du centre O.
Les segments $[OB]$, $[OC]$ et $[OA]$ sont des rayons. $[AB]$ est un diamètre. La partie hachurée à l'intérieur du cercle est un disque.	• Un rayon de cercle est un segment dont les extrémités sont le centre du cercle et un point sur le cercle. • Le rayon d'un cercle est la longueur commune de tous les rayons de ce cercle. • Une corde est un segment dont les extrémités sont deux points distincts d'un même cercle. • Un diamètre d'un cercle est une corde qui a pour milieu le centre du cercle.

CE QU'IL FAUT RETENIR

Périmètre du cercle

Longueur (ou périmètre) d'un cercle de rayon r :
$P = \pi \times D = 2 \times \pi \times R$

Quadrilatères usuels : rectangle, losange, carré

Figure	Propriétés
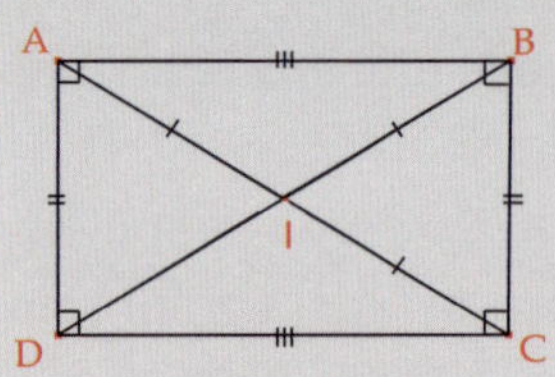 Un **rectangle** est un quadrilatère qui a quatre angles droits.	• Si un quadrilatère est un rectangle, alors il a ses côtés opposés parallèles et de même longueur. • Si un quadrilatère est un rectangle, alors ses diagonales ont le même milieu et la même longueur.
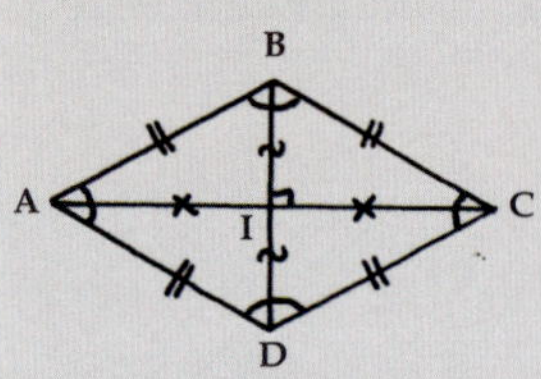 Un **losange** est un quadrilatère qui a quatre côtés de même longueur.	• Si un quadrilatère est un losange, alors il a ses côtés opposés parallèles et de même longueur. • Si un quadrilatère est un losange, alors ses diagonales ont le même milieu et sont perpendiculaires.
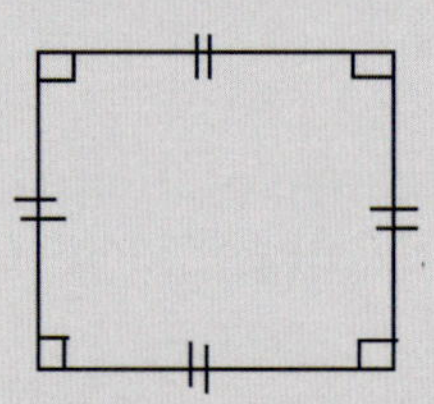 Un **carré** est un quadrilatère qui a quatre angles droits et quatre côtés de même longueur.	• Si un quadrilatère est un carré, alors il a ses côtés opposés parallèles et de même longueur. • Si un quadrilatère est un carré, alors ses diagonales ont le même milieu, ont même longueur et sont perpendiculaires.

EXERCICE 17 : DÉFI !

Niveau ★★★★

Partie 1

1. Tracez un cercle de diamètre 8 cm de centre O.
2. Placez sur ce cercle deux points A et B tels que la corde $[AB]$ mesure 5 cm.
3. Placez le point A' tel que $[A'A]$ soit un diamètre du cercle.

On admet que le triangle ABA' est un triangle rectangle en B.

4. Placez le point B' pour que $ABA'B'$ soit un rectangle. Pourquoi le point B' est-il sur le cercle ?
5. Tracez la perpendiculaire à (AB) passant par O, notez-la (d).
6. Montrez que la droite (d) est parallèle à (BA').

Partie 2

Calculez en utilisant l'écriture fractionnaire des nombres :

$$A = 5 + \frac{18}{10} \times \frac{3}{10} - \frac{5}{100} + \frac{8}{1000}$$

$$B = (5 + \frac{18}{10}) \times (\frac{3}{10} - \frac{5}{100}) + \frac{8}{1000}$$

POUR ALLER PLUS LOIN

On pourra établir des **liens entre nombre décimal et quotient**, calculer l'**arrondi** à la précision souhaitée, **encadrer** le nombre entre deux décimaux et en déduire des **approximations** par défaut et par excès.

Vous étudierez les **nombres relatifs** avec les additions et les soustractions (variation de température positive ou négative, déplacement d'un ascenseur du niveau $+4$ au niveau -2 par exemple).

Après avoir appris les bases de la construction en géométrie plane, vous apprendrez à démontrer l'**alignement de trois points**, à calculer des **angles inscrits dans le cercle**, à effectuer des calculs de distances entre deux planètes de notre système solaire.

BILAN-TEST 1re PÉRIODE

Répondez à chacune des questions ci-dessous.
Pour calculer votre score, vous pouvez vous reporter ensuite aux pages de corrigé.
Chaque bonne réponse vous rapporte 1 point. Les réponses incorrectes ne rapportent aucun point.

Score

1 **Le résultat du calcul de l'expression** $A = 5 + \frac{18}{10} \times \frac{3}{10} - \frac{5}{100} + \frac{8}{1000}$ **est :**

☐ **a.** $\frac{5498}{1000}$ ☐ **b.** $\frac{4885}{1000}$ ☐ **c.** $\frac{585}{100}$ ☐ **d.** $\frac{495}{1000}$

2 **Le résultat du calcul de l'expression** $B = (5 + \frac{18}{10}) \times (\frac{3}{10} - \frac{5}{100}) + \frac{8}{1000}$ **est :**

☐ **a.** $\frac{1710}{1000}$ ☐ **b.** $\frac{1709}{1000}$ ☐ **c.** $\frac{1708}{100}$ ☐ **d.** $\frac{1712}{1000}$

3 **Parmi les affirmations suivantes, laquelle est correcte concernant deux droites parallèles ?**

☐ **a.** Elles se coupent en un seul point.
☐ **b.** Elles ne se coupent jamais, quel que soit leur prolongement.
☐ **c.** Elles peuvent se couper si elles sont prolongées assez loin.
☐ **d.** Elles se coupent à un angle droit.

4 **Quelles sont les propriétés d'un carré ?**

☐ **a.** Il a quatre côtés égaux et quatre angles droits.
☐ **b.** Il a quatre côtés égaux mais pas d'angles droits.
☐ **c.** Il a deux côtés parallèles et deux côtés perpendiculaires.
☐ **d.** Il a des angles obtus.

5 **Quelles sont les propriétés d'un losange ?**

☐ **a.** Il a des angles droits et des côtés de longueurs différentes.
☐ **b.** Il a quatre côtés égaux mais les diagonales ne sont pas perpendiculaires.
☐ **c.** Il a deux côtés égaux et deux côtés différents.
☐ **d.** Il a quatre côtés égaux et ses diagonales sont perpendiculaires.

Score

6 **Quelles sont les propriétés d'un rectangle ?**

☐ **a.** Il a deux paires de côtés parallèles de longueurs différentes et quatre angles droits.
☐ **b.** Il a quatre côtés égaux et quatre angles droits..
☐ **c.** Il a des côtés de longueurs différentes et des angles aigus.
☐ **d.** Il a quatre côtés égaux mais pas d'angles droits.

7 **Si vous construisez un carré et un losange avec la même longueur de côté, quelles propriétés seront partagées par ces deux figures ?**

☐ **a.** Ils auront des angles identiques mais des côtés de longueurs différentes.
☐ **b.** Ils auront le même périmètre et les mêmes diagonales.
☐ **c.** Ils auront le même périmètre mais des diagonales différentes.
☐ **d.** Ils auront des angles droits et des côtés de longueurs différentes.

8 **Calculez le périmètre d'un cercle de rayon 5 cm. Utilisez $\pi \approx 3,14$.**

☐ **a.** $15,7$ cm ☐ **b.** $31,4$ cm ☐ **c.** $78,5$ cm ☐ **d.** 25 cm

9 **Parmi les éléments suivants, lequel correspond à la définition : *Un segment qui relie deux points d'un cercle et passe par le centre* ?**

☐ **a.** Aire ☐ **b.** Corde ☐ **c.** Diamètre ☐ **d.** Rayon

10 **Quel est l'ordre de grandeur du produit de $2,8$ et $7,5$?**

☐ **a.** 21 ☐ **b.** 20 ☐ **c.** 30 ☐ **d.** 10

Votre score total

2e période

LEÇON 1

Ordonner les nombres

2e période

I - Comparaison des nombres entiers

Analyse

Soient à comparer 43 et 45 :
Le nombre de dizaines étant identique, il nous suffit de regarder les chiffres des unités.

➔ 3 est plus petit que 5 donc 43 est plus petit que 45.

On utilisera les symboles : $<$ (*plus petit que* ou *inférieur à*)
$>$ (*plus grand que* ou *supérieur à*).

➔ On peut écrire $43 < 45$ ou $45 > 43$ (45 *plus grand que* ou *supérieur* à 43).

II - Comparaison des nombres décimaux

Les nombres décimaux comportent une partie entière et une partie décimale.

Lorsque nous avons à comparer des décimaux, **deux cas** peuvent se produire :

1. Les parties entières sont différentes

Dans ce cas il suffit de **comparer les parties entières** pour comparer les nombres.

Exemple

Comparaison de $25,302$ et $21,403$: on se réfère donc à la comparaison des deux nombres entiers 25 et 21 donc $25,302 > 21,403$.

2. Les parties entières sont identiques

Dans ce cas, on compare **les chiffres de même rang de la partie décimale successivement, en commençant par les dixièmes, jusqu'à ce qu'ils soient différents**.

Exemples

- Comparaison de $12,407$ et $12,047$

On compare les chiffres des dixièmes : $4 > 0$ donc $12,407 > 12,047$

- Comparaison de $103,206$ et $103,216$

Les parties entières sont égales, les chiffres des dixièmes sont égaux, donc on compare les chiffres des centièmes : $0 < 1$ donc $103,206 < 103,216$.

3. Ordres croissant et décroissant

Ranger dans l'**ordre croissant** signifie ranger **du plus petit au plus grand.**

Exemple

Si on range les nombres $4; 7; 1; 23; 16; 9; 45$ dans l'ordre croissant, on obtient :
$1 < 4 < 7 < 9 < 16 < 23 < 45$.

Ranger dans l'**ordre décroissant** signifie ranger **du plus grand au plus petit.**

Exemple

Si on range les nombres $4; 7; 1; 23; 16; 9; 45$ dans l'ordre décroissant, on obtient :
$45 > 23 > 16 > 9 > 7 > 4 > 1$.

Remarque Pour ranger dans l'ordre croissant ou décroissant, on utilise la **méthode de comparaison** vue précédemment.

Exemple

Classez les nombres décimaux suivants selon l'ordre décroissant :
$2,642; 3,14; 2,403; 2,761; 2,061; 0,314$.
On obtient : $3,14 > 2,761 > 2,642 > 2,403 > 2,061 > 0,314$.

III - Encadrer un nombre décimal

1. Encadrement d'un nombre décimal entre deux nombres entiers consécutifs

Analyse

Soit à encadrer $5,32$ entre deux entiers consécutifs (qui se suivent).
Regardons la partie entière de $5,32$. C'est le 5.

→ Ce nombre sera donc le nombre entier immédiatement plus petit que $5,32$.
→ Le nombre entier suivant sera donc 6.
→ $5,32$ est donc compris entre 5 et 6.
→ $\mathbf{5} < 5,32 < \mathbf{6}$

2e période

2. Encadrement d'un nombre décimal au dixième près ou à 0,1 près

$\mathbf{5,3 < 5,32 < 5,4}$

3. Comment intercaler un décimal entre deux nombres décimaux ?

Analyse

$5,3 < ? < 5,4$: on cherche des nombres compris entre $5,3$ et $5,4$.
$5,3 = 5,30$ et $5,4 = 5,40$.
Les nombres suivants peuvent être intercalés entre $5,3$ et $5,4$:
$5,31 ; 5,32 ; 5,33 ; 5,34 ; 5,35 ; 5,36 ; 5,37 ; 5,38 ; 5,39$
→ 5,30 < 5,37 < 5,40

Remarque On peut toujours **intercaler un nombre décimal entre deux nombres décimaux donnés**, il suffit de rajouter une ou plusieurs décimales.

Exemple

$5,3 = 5,300$ et $5,4 = 5,400$
$\mathbf{5,300} < \mathbf{5,321} < \mathbf{5,400}$ donc $\mathbf{5,3} < \mathbf{5,321} < \mathbf{5,4}$

Dans l'encadrement $5,3 < 5,32 < 5,4$:

- $5,3$ est la valeur par défaut de $5,32$
- $5,4$ la valeur par excès au dixième près de $5,32$

IV - Troncature et arrondi

1. Troncature

Troncature vient du verbe *tronquer*, c'est-à-dire *couper un morceau*.
On parle toujours de la troncature d'un nombre à un rang donné (à l'unité, au dixième, au centième ...).

Analyse

Soit à tronquer au dixième le nombre $7,596$.
5 est le chiffre des dixièmes.

➔ On va donc couper le nombre après le 5 et abandonner les chiffres 9 et 6.
➔ La troncature au dixième de $7{,}596$ sera $7{,}5$ et au centième sera $7{,}59$.

La troncature au dixième d'un nombre est la valeur par défaut au dixième du nombre.

2. Arrondi d'un nombre décimal

Pour arrondir un nombre décimal donné à un rang donné on commence par le tronquer au rang donné puis on regarde le chiffre qui suit la coupure. Si ce chiffre est strictement plus petit que 5, la troncature est égale à l'arrondi du nombre.

Analyse

Arrondir au dixième de $4,52$.

➔ La troncature au dixième est $4{,}5$. Le chiffre qui suit est 2.
2 est plus petit que 5, donc l'arrondi au dixième près est $4{,}5$.
➔ La troncature à l'unité est 4. Le chiffre qui suit la coupure est supérieur ou égal à 5, alors l'arrondi à l'unité du nombre est la valeur par excès.

Exemples

- $4 < 4,52 < 5$ est un encadrement à l'unité près de $4{,}52$.

4 est la troncature ou valeur par défaut de $4{,}52$.
5 est la valeur par excès à l'unité près de $4{,}52$.
Le chiffre des dixièmes est 5 donc l'arrondi est la valeur par excès donc 5.

- $4,5 < 4,52 < 4,6$ est un encadrement au dixième de $4{,}52$.

$4{,}5$ est la troncature ou valeur par défaut au dixième de $4{,}52$.
$4{,}6$ est la valeur par excès au dixième de $4{,}52$.
Le chiffre des centièmes de $4{,}52$ est 2 donc l'arrondi au dixième de $4{,}52$ est $4{,}5$.

EXERCICE 18

Niveau ★

Rangez les nombres suivants selon l'ordre croissant :
1,0709 ; 1,00907 ; 2,7041 ; 2,0741 ; 1,0907 ; 2,4071

EXERCICE 19

Niveau ★

Rangez les nombres suivants selon l'ordre décroissant :
0,304 ; 0,405 ; 0,0054 ; 0,104 ; 0,00203 ; 0,540

EXERCICE 20

Niveau ★★

Dans la première période, nous avons fait connaissance avec le nombre π dont la valeur la plus couramment utilisée est 3,14.
Encadrez ce nombre entre deux nombres entiers consécutifs puis entre deux décimaux à la première décimale (au dixième).

2e période

Écrivez sur une feuille ou dans votre cahier

EXERCICE 21

Niveau ★★

Reprenez les nombres de l'exercice 19 et encadrez-les à la décimale la plus proche (c'est-à-dire avec une décimale de moins).

EXERCICE 22

Niveau ★★★

Soient les nombres suivants : 2,51 ; 1,21 ; 3,47 ; 1,01 ; 3,29 ; 5,65
Présentez les résultats sous forme de tableau.

1. **Donnez la troncature à l'unité et au dixième de chacun de ces nombres.**
2. **Donnez l'arrondi à 1 près (unité) et à 0,1 près (dixième).**
3. **Effectuez un encadrement de chaque nombre au dixième près.**
4. **Placez les nombres sur une droite numérique.**

LEÇON 2 Arithmétique

I - Quotient entier de deux nombres entiers

Pour mieux comprendre

Chercher le quotient entier de 756 par 17 signifie chercher le nombre qui multiplié par 17 donnera 756 ou sera très proche de 756 en restant toujours inférieur à 756.

1. Détermination du nombre de chiffres du quotient

Analyse

$17 \times 10 < 756 < 17 \times 100.$

➔ Le quotient sera donc un nombre compris entre 10 et 100, c'est-à-dire comportant deux chiffres.

2. Division euclidienne

Une division euclidienne est une division dont le dividende, le diviseur, le quotient et le reste sont des nombres entiers.

Analyse

$756 = 17 \times 44 + 8$

dividende	diviseur
$\overbrace{756}$	$\overbrace{17}$
076	$\underbrace{44}$ quotient entier
$\underbrace{8}$ reste	

➔ **Dividende = diviseur $\times$quotient entier $+$ reste avec $0 \leq$ reste $<$ diviseur**

➔ Le **reste** doit **toujours être inférieur strictement au diviseur**.
44 est le **quotient entier** de la division.

3. Quotient exact

Analyse

Posons maintenant la division de 756 par 18.

$$\begin{array}{r|l} 756 & 18 \\ \cline{2-2} 036 & 42 \\ 0 & \end{array}$$

$756 = 18 \times 42 + 0$

➔ Ici le reste est nul. Nous avons donc un **quotient exact.**

➔ On dit aussi que 756 est **divisible** par 18 ou 42, ce qui équivaut à dire :

- 756 est un **multiple** de 42.
- 756 est un **multiple** de 18.

II - Quotient décimal de deux nombres entiers

Lorsque nous avons obtenu le quotient entier et que nous avons un reste, nous avons la possibilité de continuer après la virgule au quotient.

Deux cas peuvent se produire

1. La division s'arrête : quotient décimal exact

Analyse

$$\begin{array}{lllll|l} 7 & 5 & 6 & & & 16 \\ \cline{6-6} 1 & 1 & 6 & & & 47,25 \\ & 0 & 4 & 0 & & \\ & & 0 & 8 & 0 & \\ & & & 0 & 0 & \end{array}$$

➔ $47,25$ est le **quotient décimal exact** de 756 par 16.

➔ On écrit : $756 \div 16 = 47,25$ ou $\dfrac{756}{16} = 47,25$.

2. La division ne s'arrête pas : quotient décimal approché

Analyse

$$
\begin{array}{llllllllllll|l}
7 & 5 & 6 & & & & & & & & & & 17 \\
\cline{13-13}
0 & 7 & 6 & & & & & & & & & & 44,47058823 \\
 & 0 & 8 & 0 & & & & & & & & & \\
 & & 1 & 2 & 0 & & & & & & & & \\
 & & & 0 & 1 & 0 & & & & & & & \\
 & & & & 1 & 0 & 0 & & & & & & \\
 & & & & & 1 & 5 & 0 & & & & & \\
 & & & & & & 1 & 4 & 0 & & & & \\
 & & & & & & & 0 & 4 & 0 & & & \\
 & & & & & & & & 0 & 6 & 0 & & \\
 & & & & & & & & & 0 & 9 & &
\end{array}
$$

➔ On ne peut donner que des **valeurs approchées du quotient** :
$756 \div 16 \eqsim 44,47$ arrondi au 1 centième.

Remarque On peut noter la valeur exacte du quotient de 756 par 17 c'est à dire le nombre dont le produit avec 17 est égal à 756.

On le note $\dfrac{756}{17}$.

Ce nombre ne peut être *qu'approché* par le quotient décimal obtenu en effectuant la division.

On peut écrire $44,47 \approx \dfrac{756}{17}$

III - Critères de divisibilité

Il est possible de savoir si des nombres sont divisibles par certains nombres entiers uniquement en les observant ou en effectuant quelques opérations de calcul mental.
Les critères de divisibilité s'appliquent uniquement sur les nombres entiers.

1. Critères de divisibilité par 2

Un nombre est divisible par 2 si son chiffre des unités est pair, c'est-à-dire s'il est égal à l'un des chiffres 0, 2, 4, 6, 8.
Les nombres entiers divisibles par 2 sont les nombres pairs.

Exemple

$1\ 996$ est divisible par 2 car le chiffre des unités est 6.

2. Divisibilité par 5

Un nombre est divisible par 5 si son chiffre des unités est 0 ou 5.

Exemples

- Le chiffre des unités de $2\ 000$ est 0 donc $2\ 000$ est divisible par 5
- Le chiffre des unités de $1\ 995$ est 5 donc $1\ 995$ est divisible par 5

3. Divisibilité par 3

Un nombre est divisible par 3 si la somme de ses chiffres est un multiple de 3.

Exemple

$1\ 314$ est un multiple de 3 car $1+3+1+4=9$ et 9 est divisible par 3.
On peut vérifier que le reste dans la division euclidienne de $1\ 314$ par 3 est nul pour vérifier que $1\ 314$ est un multiple de 3 :
$1314 \div 3 = 438$ (quotient exact).

4. Divisibilité par 9

Un nombre est divisible par 9 si la somme de ses chiffres est un multiple de 9.

Exemple

La somme des chiffres de $5\ 148$ est $5+1+4+8$.
Or $5+1+4+8=18$ est un multiple de 9 donc $5\ 148$ est un multiple de 9.
On peut vérifier que $5148 \div 9 = 572$ (quotient exact).

5. Divisibilité par 4

Un nombre est divisible par 4 si le nombre formé par les deux derniers chiffres est un multiple de 4.

Exemple

$783\ 2\underline{24}$ se termine par 24. 24 est un multiple de 4, car $24 = 4 \times 6$.
Donc, $783\ 224$ est divisible par 4.

EXERCICE 23

Niveau ★

1. Le dividende d'une division est 5 963 et le quotient exact 89. Quel est le diviseur ?

2. Complétez les inégalités suivantes :

- $24832 = \_\_\_\_ \times 97$
- $50456 = 68 \times \_\_\_\_$

EXERCICE 24

Niveau ★

Sans effectuer de division, dites par quels nombres sont divisibles les nombres suivants :

- 34 785
- 7 416
- 1 875 456

EXERCICE 25

Niveau ★★

Une automobile est en vente dans un garage au prix de 8 604 euros avec une somme initiale à verser de 804 euros. Le reste est payé en 12 mensualités identiques.

1. Quel sera le montant de chaque mensualité ?
2. Écrire le bilan de cette opération sous la forme :
   dividende = diviseur × quotient + reste

Écrivez sur une feuille ou dans votre cahier

LEÇON 3 Angles et triangles

I - Vocabulaire des angles

1. Savoir nommer un angle

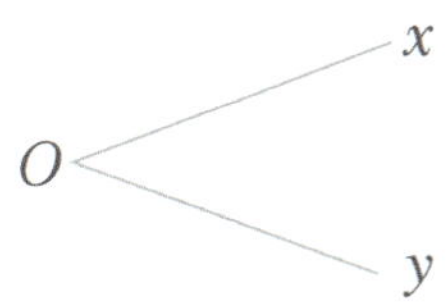

L'angle est formé par **deux demi-droites de même origine** $[Ox)$ et $[Oy)$ en O.
O est le sommet de l'angle.
➜ L'angle sera donc l'angle $\widehat{xOy}$, **la lettre du milieu désigne toujours le sommet de l'angle**.

2. Les différentes sortes d'angles

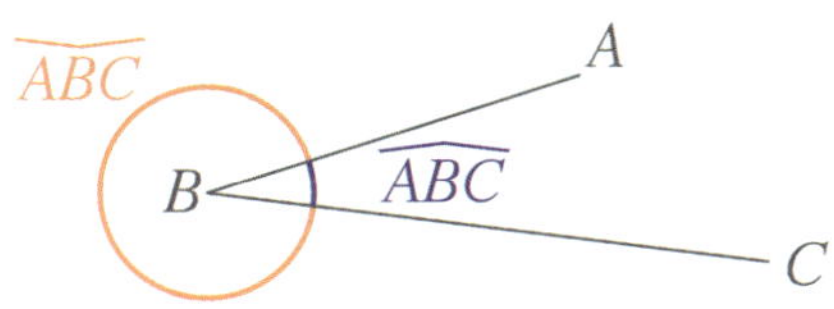

L'angle $\widehat{ABC}$ (sommet B), côtés $[AB]$ et $[BC]$ est un angle **saillant** : sa mesure est inférieure à $180°$.
➜ Cet angle est plus petit qu'un angle plat.

L'angle $\widehat{ABC}$ est un angle **rentrant** : sa mesure est supérieure à $180°$.
➜ Cet angle est plus grand qu'un angle plat.

Chaque angle peut être associé à un **arc de cercle** (portion de cercle dont les côtés sont des cordes ou des rayons de cercle se coupant en un point : le sommet de l'angle désigné).

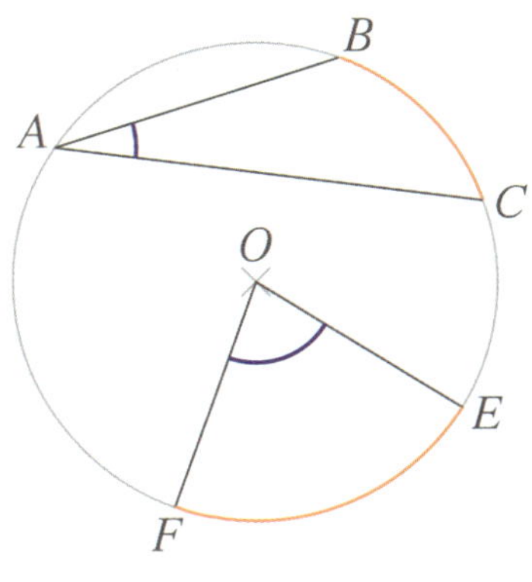

L'angle $\widehat{CAB}$ est associé à l'arc $\overset{\frown}{BC}$.
L'angle $\widehat{FOE}$ est associé à l'arc $\overset{\frown}{FE}$.

➜ Les angles $\widehat{BAC}$ et $\widehat{EOF}$ sont des angles **aigus** car leur valeur en degré est inférieure à $90°$ ou à un angle **droit**.

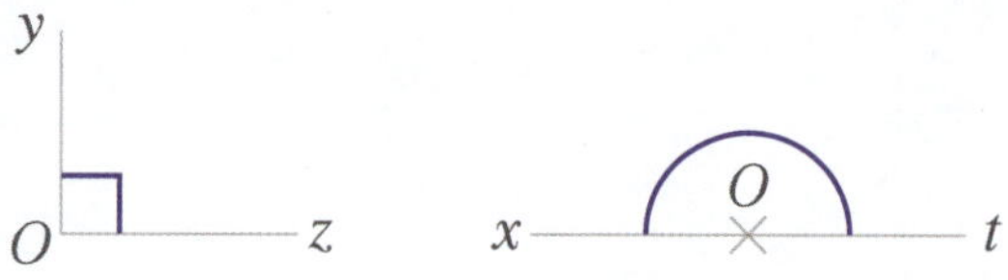

$\widehat{yOz} = 90°$ est un angle **droit**.
$\widehat{xOt} = 180°$ est un angle **plat**.

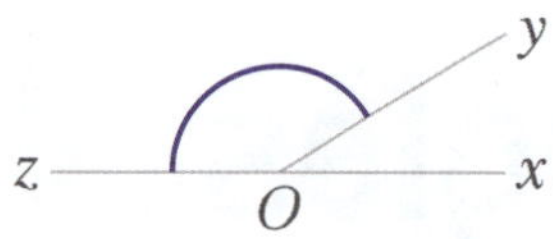

L'angle $\widehat{yOz}$ a une valeur supérieure à $90°$ et inférieure à $180°$. C'est un angle **obtus**.

II - Triangles

1. Construire un triangle (à partir des longueurs des trois côtés)

Pour construire un triangle, il faut connaître les dimensions des trois côtés

Analyse

Soit un triangle ABC dont les dimensions sont $AB = 7$ cm, $AC = 5$ cm et $BC = 9$ cm.

- Nous allons tracer d'abord le plus grand côté, soit $BC = 9$ cm.
- Puis à partir des extrémités du segment $[BC]$, nous tracerons des arcs de cercle de rayon $AB = 7$ cm et $AC = 5$ cm.
- L'intersection de ces arcs de cercle nous donnera le sommet A du triangle.
- Ce triangle ABC est un **triangle quelconque**.

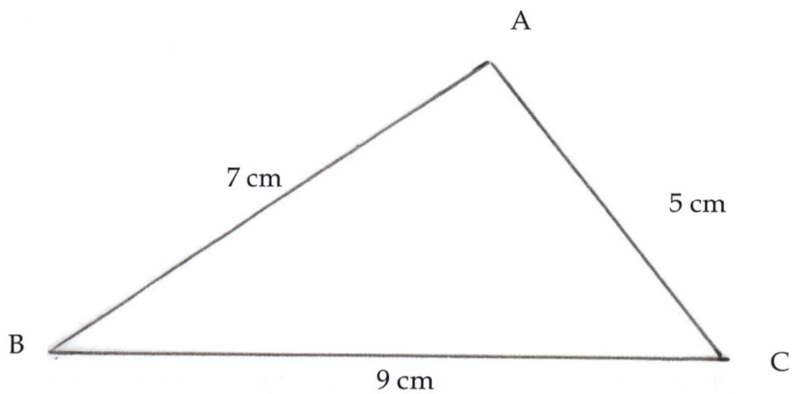

2. Quelques triangles particuliers

2.1. Triangle isocèle

Analyse

Traçons maintenant un triangle dont l'un des côtés $[AC]$ mesure 6 cm et les deux autres côtés $[BC]$ et $[AB]$ mesurent 5 cm.

- On remarque que ce triangle ABC a deux côtés égaux $AB = BC = 5$ cm.
- On dit que ce triangle est isocèle. Le sommet d'où partent les côtés égaux est B.
- On ajoutera donc **isocèle** en B.

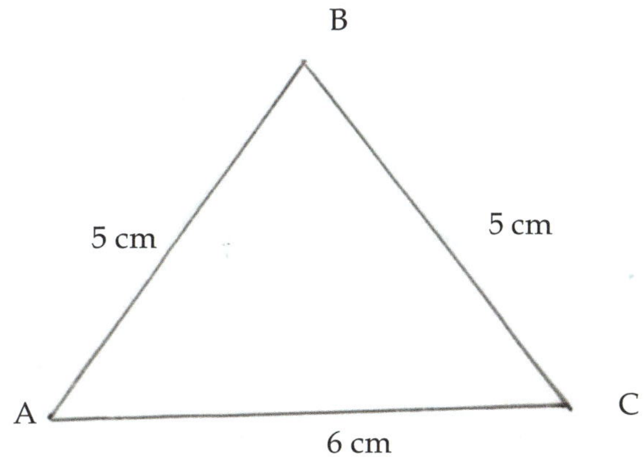

2.2. Triangle rectangle

Analyse

Traçons maintenant un triangle comportant un angle droit et dont les côtés de l'angle droit mesurent 5 cm et 7 cm.

- Ce triangle est appelé triangle **rectangle** en A. ($\widehat{A}$ est l'angle droit).
- $AB = 5$ cm et $AC = 7$ cm

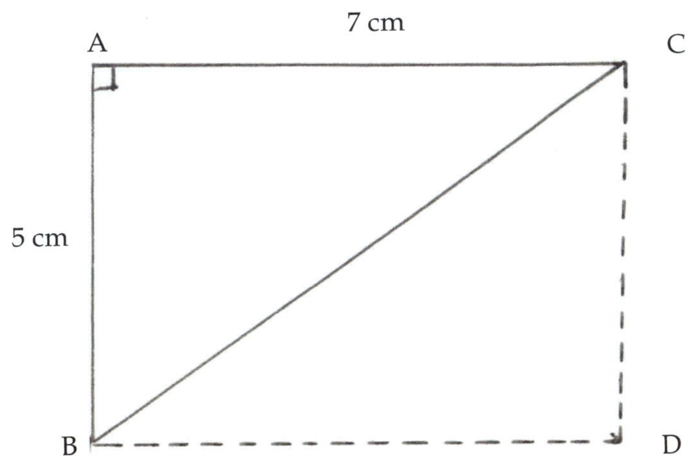

Remarque Si vous observez la partie pointillée BCD, vous remarquez qu'il s'agit également d'un triangle rectangle en D et que les deux triangles ABC et BCD réunis constituent un rectangle.

2.3. Triangle équilatéral

Analyse

Traçons maintenant un triangle ABC dont les côtés mesurent chacun 6 cm. Ce triangle a donc ses trois côtés égaux. On dit qu'il est équilatéral.

➔ Ce qui implique l'écriture suivante $AB = BC = AC = 6$ cm
➔ Nous pouvons aussi dire que c'est un triangle isocèle particulier. Il est à la fois isocèle :

- en A car $AB = AC = 6$ cm
- en B car $AB = BC = 6$ cm
- en C car $BC = CA = 6$ cm

Ce triangle est appelé triangle **équilatéral**.

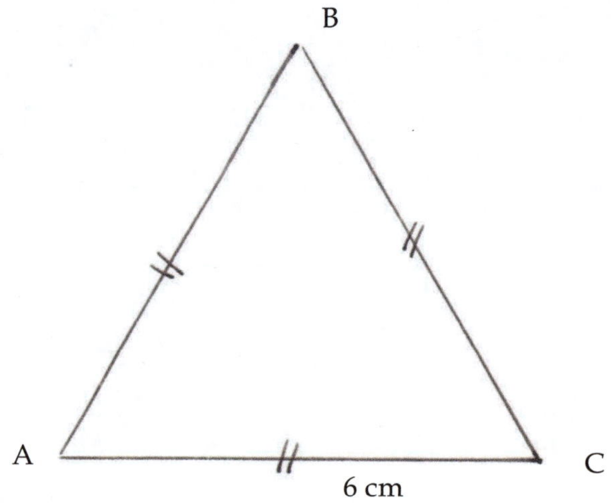

EXERCICE 26

Niveau ★★

Écrivez sur une feuille ou dans votre cahier

Citez en les représentant dans un tableau trois angles de chaque catégorie.

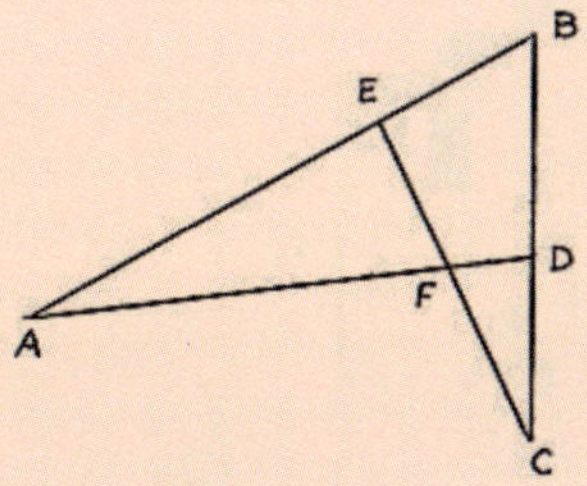

- angle rentrant
- angle saillant
- angle plat
- angle obtus
- angle aigu

EXERCICE 27

Niveau ★★

Tracez un triangle ABC quelconque dont les dimensions respectives des côtés sont :

$AB = 7$ cm ; $BC = 5$ cm et $AC = 4$ cm

EXERCICE 28

Niveau ★★

Tracez un triangle RST isocèle en S dont les côtés mesurent 5 cm et 4 cm.

EXERCICE 29

Niveau ★★★

Dessinez un carré $ABCD$. Tracez une de ses diagonales.

1. **Que pouvez-vous dire des triangles obtenus (nature) ?**
2. **Quel nom particulier pouvez-vous leur donner et pourquoi ?**

EXERCICE 30

Niveau ★★

Tracez un triangle ABC équilatéral dont le périmètre est de 21 cm.

Donnez la dimension respective des côtés.

LEÇON 4 # Les solides de l'espace

Nous abordons ici l'étude des solides.

Le cube, nous le connaissons dans les jeux : jeu de cubes, jeu de dés.

I - Le cube

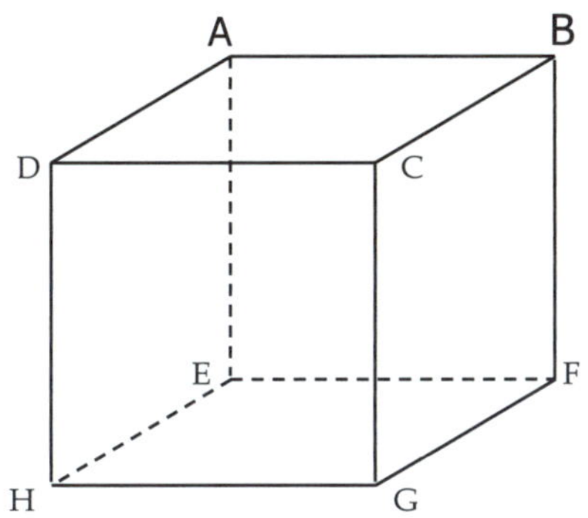

Nous avons ici représenté un cube vu de trois-quarts.

Chaque lettre représente un sommet : A, B, C, D, E, F, G et H donc huit sommets.

- Vous remarquez que chaque lettre est le point de concours de trois segments de droite.
- Ces segments de droite représentent les **arêtes** du cube. Elles sont au nombre de douze, elles délimitent les faces du cube.
- Chaque face du cube est un carré, il y a six carrés donc six faces.

II - Le pavé droit

Observons une boîte d'allumettes : nous remarquons que les faces (toujours au nombre de six) sont de formes rectangulaires. Les couples de rectangles parallèles sont de même dimension.

La figure n'est pas en grandeur réelle.

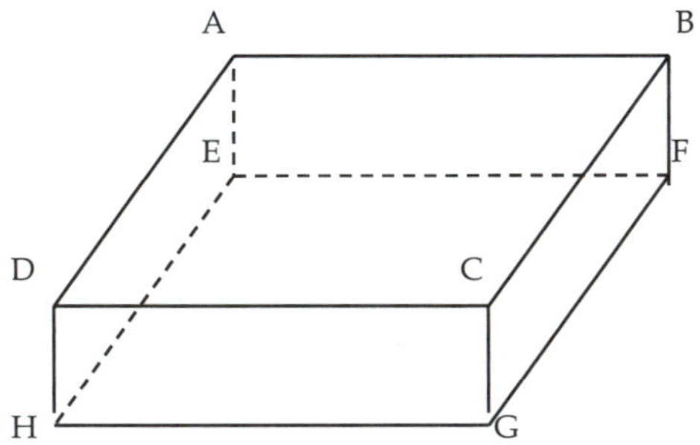

Les couples de rectangles identiques sont les faces suivantes :

$ABCD$ et $EFGH$

$DAEH$ et $CBFG$

$ABFE$ et $DCGH$

- Vous noterez aussi que les **arêtes sont parallèles entre elles deux à deux**.

Le solide représenté ici est un *pavé droit* ou un parallélépipède rectangle (toutes les faces sont des rectangles). Le cube étudié est un parallélépipède ou pavé droit particulier dont toutes les faces sont des carrés.

Remarque Dans les deux dessins précédents, vous remarquez la présence de **pointillés**. On représente en pointillé ce qui n'est pas directement visible, le reste est en trait plein. Toutes les droites parallèles dans la réalité sont représentées par des droites parallèles sur le dessin. Nous disons qu'il s'agit d'une **représentation en perspective cavalière**.

III - Patron d'un pavé droit

En mettant à plat un pavé droit, on obtient un ou plusieurs patrons ou développements de ce pavé.

Mettons un cube à plat, toutes les faces sont des carrés identiques :

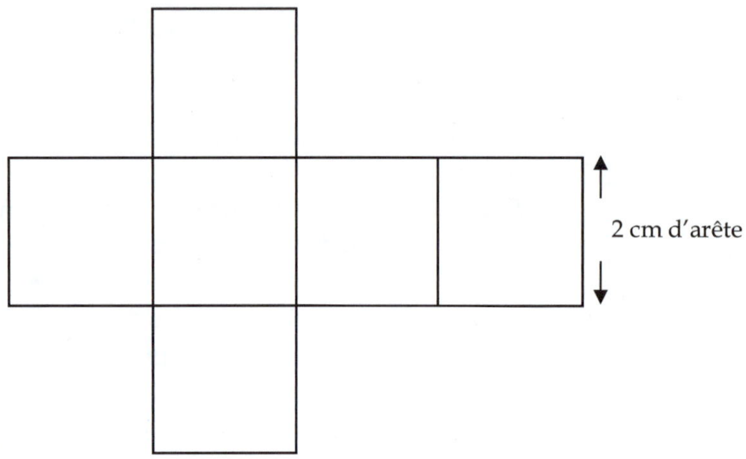

Mettons le pavé droit à plat :

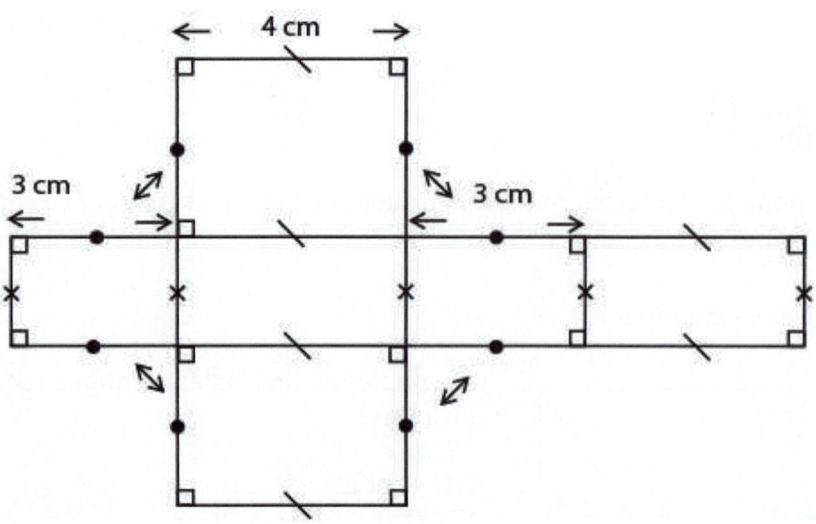

Si on découpe et plie le patron pour reconstituer le pavé, on doit bien vérifier les égalités de longueur : $AB = EF = HG = DC$ et $AE = BF = CG = DH$ et $DA = HE = GF = BC$.

EXERCICE 31

Niveau ★

Nommez toutes les faces d'un cube.
Quelle est la dimension d'une arête ?

Écrivez sur une feuille ou dans votre cahier

EXERCICE 32

Niveau ★★

Dans le descriptif de certains objets donnés dans un catalogue, nous avons lu :
$35 \text{ cm} \times 40 \text{ cm} \times 18 \text{ cm}$

1. Que représentent ces nombres ?
2. De quel type de solide s'agit-il ?

EXERCICE 33

Niveau ★★★

Dessinez en prenant comme unité le mm, le patron d'un solide défini par :
$35 \times 20 \times 10$

2e période

FICHE DE SYNTHÈSE 2e PÉRIODE

CE QU'IL FAUT RETENIR

Nombres entiers décimaux

Un nombre entier est un nombre décimal dont la partie décimale est nulle.

Comparaison :

Nombres entiers	On compare les premiers chiffres distincts en partant de la gauche (unité de rang le plus grand).
Nombres décimaux	On compare les premiers chiffres distincts en partant de la gauche (unité de rang le plus grand), on poursuit pour la partie décimale.

Troncature
La **troncature** est toujours la **valeur par défaut** de l'encadrement.

Arrondi
L'**arrondi** est la valeur par excès si le chiffre du rang suivant celui de l'encadrement est supérieur ou égal à 5 sinon l'arrondi est égal à la troncature.

Critères de divisibilité des nombres entiers

- Un nombre est divisible par 2 si son chiffre des unités est pair, c'est-à-dire s'il est égal à l'un des chiffres 0 ; 2 ; 4 ; 6 ; 8.
- Un nombre est divisible par 3 si la somme de ses chiffres est un multiple de 3.
- Un nombre est divisible par 9 si la somme de ses chiffres est un multiple de 9.
- Un nombre est divisible par 4 si le nombre formé par les deux derniers chiffres est un multiple de 4.

Quotient entier et décimal de deux entiers (le dividende et le diviseur sont des entiers)

Quotient entier :
Dividende $=$ diviseur $\times$ quotient entier $+$ reste
avec $0 \leq$ reste $<$ diviseur
Le reste doit toujours être inférieur strictement au diviseur.

CE QU'IL FAUT RETENIR

Angles

- Un angle est limité par deux demi-droites de même origine.
  Sur la figure ci-dessous, on note $\widehat{xOy}$ l'angle limité par les deux demi-droite $[Ox)$ et $[Oy)$.
- L'origine commune des deux demi-droites est le sommet de l'angle $\widehat{xOy}$.
- Les demi-droites $[Ox)$ et $[Oy)$ sont les côté de l'angle $\widehat{xOy}$.

Les deux demi-droites $[Ox)$ et $[Oy)$ définissent deux angles :
un angle saillant et un angle rentrant.

<table>
<tr><td>Angle rentrant</td><td>Angle plus grand qu'un angle plat</td><td>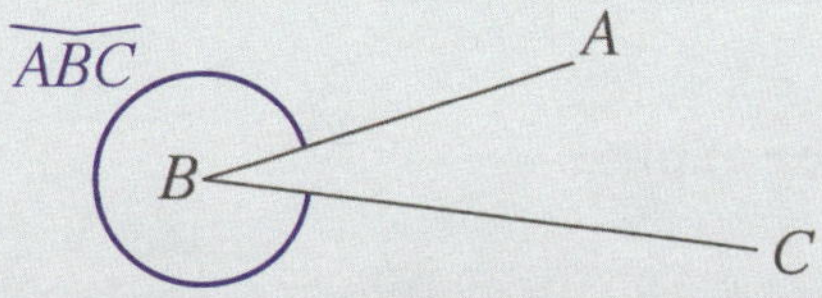

La partie en violet est un angle rentrant noté $\widehat{ABC}$ car $\widehat{ABC} > 180°$</td></tr>
<tr><td>Angle plat</td><td>Un angle est plat si ses côtés sont deux demi-droites opposées</td><td>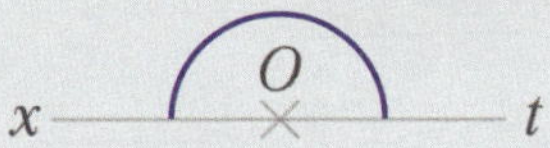

Des demi-droites $[Ox)$ et $[Ot)$ sont opposées donc l'angle $\widehat{xOt}$ est un angle plat : $\widehat{xOt} = 180°$</td></tr>
<tr><td rowspan="4">Angle saillant</td><td rowspan="4">Angle plus petit qu'un angle plat</td><td>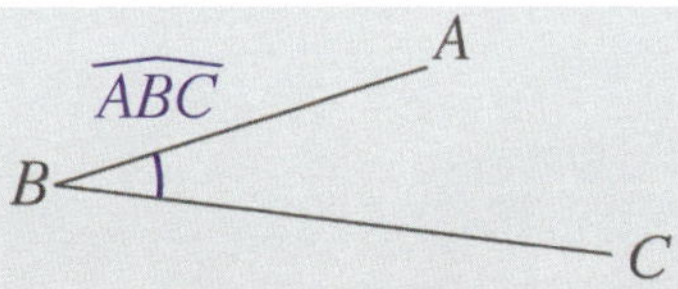

La partie en violet est un angle rentrant noté $\widehat{ABC}$ car $\widehat{ABC} < 180°$</td></tr>
<tr><td>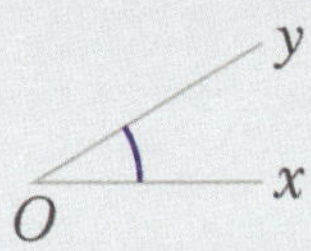

$\widehat{xOy} < 90°$ donc $\widehat{xOy}$ est un angle aigu</td></tr>
<tr><td>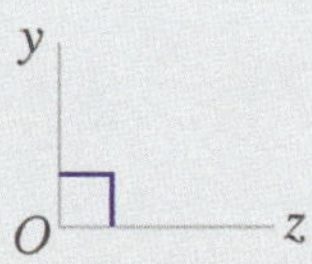

Les côtés de l'angle sont perpendiculaires dont $\widehat{yOz} = 90°$</td></tr>
<tr><td>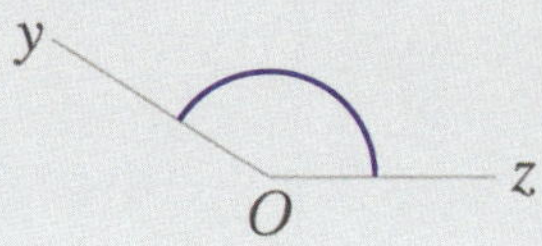

$\widehat{yOz} > 90°$ donc $\widehat{yOz}$ est un angle obtus</td></tr>
</table>

CE QU'IL FAUT RETENIR

Triangles

Triangle quelconque	Un triangle quelconque est un triangle dont les trois côtés ont des longueurs distinctes et qui n' a pas d'angle droit.
Triangle rectangle	Un triangle rectangle est un triangle dont deux côtés sont perpendiculaires.
Triangle isocèle	Un triangle isocèle est un triangle dont deux côtés ont même longueur.
Triangle équilatéral	Un triangle équilatéral est un triangle dont les trois côtés ont même longueur.

Cube et pavé

Pavé droit	Un pavé droit est un solide qui comporte six faces rectangulaires
Cube	Un cube est un pavé droit dont les six faces sont des carrés superposables.

EXERCICE 34 : DÉFI !

Niveau ★★★★

Partie 1

Faustine dispose de dix triangles en tissu équilatéraux dont le périmètre de chacun est égal à 11 m. Elle voudrait coudre sur chacun des côtés un ruban de couleur distincte pour chacun des côtés : rouge, jaune et blanc. Elle calcule la longueur de chaque côté en effectuant la division au cm près, puis elle découpe les rubans pour tous les côtés des triangles. Elle a acheté pour cela 110 m de ruban. Elle s'aperçoit qu'il lui en reste.

Quelle est la longueur de ruban restant ?

Partie 2

1. **Reproduire la figure ci-dessous, pour laquelle ADE est un triangle isocèle en E ; BED est un triangle équilatéral et EDC est un triangle rectangle en D.**

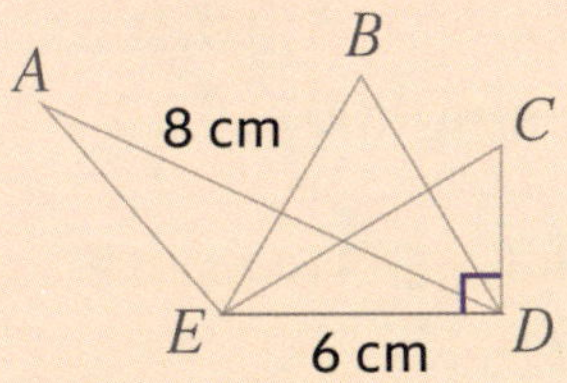

2. **Décrire les étapes de construction.**

POUR ALLER PLUS LOIN

Avec la découverte des diviseurs et des multiples d'un nombre entier, vous étudierez la notion de **nombre premier**, nombre entier qui n'est divisible que par 1 et par lui-même.

Vous apprendrez à résoudre des problèmes liés à des **phénomènes périodiques**, qui se répètent identiques à eux-mêmes dans la durée comme par exemple : quand la grande aiguille d'une horloge rencontrera-t-elle de nouveau la petite aiguille ?

En géométrie, vous vous intéresserez à des **calculs d'angles dans les polygones réguliers**, à l'angle de rotation d'un satellite autour de la Terre et aux angles formés entre deux droites coupées par une sécante.

En géométrie dans l'espace, l'**étude des pyramides** dont les tétraèdres sera approfondie.

BILAN-TEST 2e PÉRIODE

Répondez à chacune des questions ci-dessous.
Pour calculer votre score, vous pouvez vous reporter ensuite aux pages de corrigé.
Chaque bonne réponse vous rapporte 1 point. Les réponses incorrectes ne rapportent aucun point.

Score

1 **Quel est le résultat de la division entière de 125 par 7 et le reste ?**

- ☐ **a.** Quotient : 17, Reste : 6
- ☐ **b.** Quotient : 18, Reste : 0
- ☐ **c.** Quotient : 17, Reste : 5
- ☐ **d.** Quotient : 18, Reste : 1

2 **Encadrez au centième près le quotient décimal approché de 154 divisé par 17 :**

- ☐ **a.** Entre $9{,}00$ et $9{,}05$
- ☐ **b.** Entre $9{,}05$ et $9{,}10$
- ☐ **c.** Entre $9{,}05$ et $9{,}15$
- ☐ **d.** Entre $9{,}00$ et $9{,}10$

3 **Parmi les nombres suivants, lequel est divisible à la fois par 3 et par 4 ?**

- ☐ **a.** 364
- ☐ **b.** 542
- ☐ **c.** 728
- ☐ **d.** 900

4 **Quel est le plus grand nombre de trois chiffres divisibles à la fois par 5 et 9 ?**

- ☐ **a.** 900
- ☐ **b.** 995
- ☐ **c.** 945
- ☐ **d.** 990

5 **Encadrez le quotient de 97 divisé par 18 au dixième près.**

- ☐ **a.** Entre $5{,}4$ et $5{,}5$
- ☐ **b.** Entre $5{,}5$ et $6{,}0$
- ☐ **c.** Entre $5{,}3$ et $5{,}4$
- ☐ **d.** Entre $5{,}6$ et $5{,}7$

2e période

Score

6 **Encadrez le quotient de 2 250 divisé par 13 à l'unité près.**

- ☐ **a.** Entre 172 et 173
- ☐ **b.** Entre 173 et 174
- ☐ **c.** Entre 173,0 et 173,1
- ☐ **d.** Entre 165 et 166

7 **Vous souhaitez construire un triangle quelconque avec des côtés de longueurs 5 cm, 6 cm et 7 cm. Quelle est la bonne méthode ?**

- ☐ **a.** Utiliser seulement une règle.
- ☐ **b.** Utiliser une règle et un compas pour mesurer les distances et tracer les arcs de cercle.
- ☐ **c.** Utiliser une équerre et un compas pour tracer les angles.
- ☐ **d.** Utiliser seulement un compas pour tracer les cercles.

8 **Pour construire un triangle rectangle dont les côtés mesurent 9 cm, 12 cm, et 15 cm, vous devez :**

- ☐ **a.** Tracer un cercle de rayon 9 cm et utiliser une équerre pour former les angles.
- ☐ **b.** Utiliser un compas pour tracer deux arcs de cercle avec les longueurs des côtés à partir de deux points.
- ☐ **c.** Utiliser une règle pour mesurer et tracer les trois côtés.
- ☐ **d.** Utiliser une équerre pour tracer le triangle directement sur la feuille.

9 **Un pavé droit a des dimensions de 3 cm, 4 cm, et 5 cm. Parmi les propositions suivantes, laquelle correspond à un patron (développement à plat) d'un pavé droit avec ces dimensions ?**

- ☐ **a.** Un rectangle de 3 cm × 4 cm et deux triangles.
- ☐ **b.** Trois rectangles : 3 cm × 4 cm, 4 cm × 5 cm, 3 cm × 5 cm.
- ☐ **c.** Six rectangles : deux de 3 cm × 4 cm, deux de 4 cm × 5 cm, deux de 3 cm × 5 cm.
- ☐ **d.** Quatre rectangles et un carré.

10 **Vous avez un pavé droit dont les dimensions sont 3 cm, 4 cm, et 5 cm. Combien de petits cubes de 1 cm de côté pouvez-vous placer à l'intérieur ?**

- ☐ **a.** 60
- ☐ **b.** 50
- ☐ **c.** 120
- ☐ **d.** 40

Votre score total

3e période

LEÇON 1

Écriture fractionnaire des décimaux

Récapitulons

- Nous avons vu dans les séries précédentes comment diviser un nombre par 10, 100, $1\ 000$ en déplaçant la virgule vers la gauche d'autant de rangs qu'il y a de zéros dans le diviseur.
- De la même manière, nous savons donner le résultat exact de la division ou le quotient approché à $0{,}1$; $0{,}01$; etc. près.

Nous avons vu que parfois la division ne se termine pas. Dans ce cas, **il n'existe qu'une seule manière de donner l'écriture exacte du quotient. C'est l'écriture fractionnaire**.

3e période

I - L'écriture fractionnaire

Analyse

$57 \div 7 = 8{,}1428...$
$8{,}1428$ est le quotient approché à $0{,}0001$ près par défaut de $\frac{57}{7}$.

➔ La division ne se terminant pas, la seule écriture exacte du quotient sera $\frac{57}{7}$

Si a et b sont des nombres le quotient de a par b ($b \neq 0$) est le nombre qui multiplié par b donne a.

$a = b \times q$ $\qquad$ $\frac{a}{b} = q$

II - Division d'un entier par un décimal

Analyse

$27 \div 4,4 = \dfrac{27}{4,4} = \dfrac{270}{44}$ de façon à se ramener à une division par un nombre entier.

La division de 27 par $4,4$ se ramène donc à la division de 270 par 44.

$$\begin{array}{cccccc|l}
2 & 7 & 0, & 0 & 0 & 0 & 44 \\ \cline{7-7}
 & 0 & 6 & \mathbf{0} & & & 6,\mathbf{136} \\
 & & \mathbf{1} & \mathbf{6} & \mathbf{0} & & \\
 & & & \mathbf{2} & \mathbf{8} & \mathbf{0} & \\
 & & & & \mathbf{1} & \mathbf{6} &
\end{array}$$

⊕ Le résultat arrondi au centième près ou à $0,01$ par excès est donc $6,14$.

Remarque $270 = 270,000$ qui peut se lire *270 000 millièmes.*
Pour obtenir la valeur au millième près du quotient :

- On effectue la division de la partie entière (en bleu • sur l'exemple)
- On place la virgule au quotient
- On effectue la suite de la division pour obtenir la partie décimale du quotient (partie gras violet • sur l'exemple)

III - Division de deux nombres décimaux

Pour diviser deux nombres décimaux, il suffit de rendre entier le dénominateur en multipliant par 10, 100, $1\ 000$... selon le cas, le numérateur et le dénominateur de l'écriture fractionnaire du quotient.

Analyse

- Calculer à $0,01$ près le quotient $\dfrac{235,4}{39,27}$:

⊕ Nous allons donc multiplier numérateur et dénominateur par 100 de manière à obtenir un dénominateur entier.

⊕ $\dfrac{235,4 \times 100}{39,27 \times 100} = \dfrac{23\,540}{3\,927} \approx 5,99$ à $0,01$ près par défaut.

- Calculer à $0,001$ près le quotient $\dfrac{2,7}{4,4}$:

⊕ Pour rendre entier le dénominateur, je multiplie par 10 le numérateur et le dénominateur.

⊕ On obtient l'égalité $\dfrac{2,7}{4,4} = \dfrac{27}{44}$.

⊕ $27 < 44$ donc la partie entière du quotient est nulle et le reste est 27.
$27 = 27,000$ peut se lire *27 000 millièmes*.

⊕ Pour obtenir la partie décimale du quotient, je place la virgule au quotient et je poursuis comme précédemment.

⊕ On obtient $\dfrac{2,7}{4,4} = 0,613636...$ donc l'arrondi de ce quotient à $0,001$ près est $0,614$.

IV - Calcul mental du quotient de deux nombres décimaux

Exemples

$$\frac{0,75}{0,5} = \frac{7,5}{5} = \frac{7,5 \times 2}{5 \times 2} = \frac{15}{10} = 1,5$$

$$\frac{2,4}{0,04} = \frac{240}{4} = 60$$

Point méthode

Étape 1 : rendre entier le dénominateur et le numérateur en multipliant par un même nombre le numérateur et le dénominateur du quotient initial.

Étape 2 : diviser par un même nombre entier le numérateur et le dénominateur de la fraction obtenue à l'étape précédente pour simplifier.

Étape 3 : effectuer mentalement le quotient obtenu à la fin de l'étape 2

3e période

Écrivez sur une feuille ou dans votre cahier

EXERCICE 35

Niveau ★

Contrôlez avec une multiplication les résultats suivants :

$\frac{135}{15} = 9$ $\frac{408}{17} = 24$ $\frac{164,3}{31} = 5,3$ $\frac{862,5}{69} = 12,5$

EXERCICE 36

Niveau ★★

Transformez chaque quotient de manière à rendre le numérateur et le dénominateur entiers. Simplifiez si possible.

$\frac{5,2}{1,3}$ $\frac{6,4}{0,08}$ $\frac{0,15}{0,3}$ $\frac{0,81}{0,09}$

$\frac{0,169}{1,3}$ $\frac{0,2}{0,003}$

EXERCICE 37

Niveau ★★★

Sans effectuer les divisions, donnez l'écriture décimale des quotients suivants :

$\frac{1,2}{1,5}$ $\frac{30}{4}$ $\frac{1500}{7500}$

LEÇON 2

Opérations sur les fractions

Nous savons transformer un quotient en fraction décimale et donner son écriture décimale. Nous allons donc pouvoir effectuer des opérations sur les fractions.

I - Addition et soustraction de fractions

Pour pouvoir effectuer des additions et des soustractions de fractions, il faut que les fractions possèdent le même dénominateur.

$\frac{7}{10} + \frac{5}{10} = \frac{12}{10}$

$\frac{7}{10} - \frac{5}{10} = \frac{7-5}{10} = \frac{2}{10}$

Nous additionnons ou soustrayions les numérateurs et nous gardons le dénominateur commun.

$\frac{9}{10} + \frac{3}{10} = \frac{9+3}{10} = \frac{12}{10}$

$\frac{9}{10} - \frac{3}{10} = \frac{6}{10}$

Important Si les fractions sont des fractions décimales dont les dénominateurs sont différents, il vous faudra trouver le **dénominateur commun**.

Analyse

Soit à additionner les fractions décimales suivantes : $\frac{3}{10} + \frac{5}{100} + \frac{2}{1000}$.

- Dans ce cas, nous allons écrire toutes les fractions avec le dénominateur 1000.

$\frac{3}{10}$ → On multiplie le numérateur et le dénominateur par 100 : $\frac{3 \times 100}{10 \times 100} = \frac{300}{1000}$.

- On procède de la même manière avec $\frac{5}{100} = \frac{5 \times 10}{100 \times 10} = \frac{50}{1000}$

→ Ce qui donne $\frac{300}{1000} + \frac{50}{1000} + \frac{2}{1000} = \frac{352}{1000} = \frac{44}{125}$

II - Comparaison de fractions

1. Comparaison d'une fraction à l'unité

Point méthode

Il faut d'abord regarder le numérateur et le dénominateur de la fraction.

1.1. 1er cas : le numérateur est égal au dénominateur

Dans ce cas, la **fraction est égale à l'unité**.

Exemple

$\frac{5}{5} = 1$

1.2. 2e cas : le numérateur est strictement supérieur au dénominateur

Dans ce cas, la **fraction est plus grande que 1 et la partie entière est supérieure à 1.**

Exemple

$7 > 5$ donc $\frac{7}{5} > 1$ $\qquad$ $\frac{7}{5} = 1{,}4$

1.3. 3e cas : le numérateur est strictement inférieur au dénominateur

Dans ce cas, la **fraction est inférieure à 1 et la partie entière de cette fraction est égale à 0**.

Exemple

$1 < 4$ donc $\frac{1}{4} < 1$ $\qquad$ $\frac{1}{4} = \frac{25}{100}$

2. Comparaison de fractions à partir de leurs parties entières

Lorsque le numérateur d'une fraction est supérieur au dénominateur, la partie entière de la fraction est supérieure à 1. Nous pouvons la calculer en posant la division du numérateur par le dénominateur.

Analyse

$$\begin{array}{r|l} 27 & 5 \\ \hline 2 & 5 \end{array}$$

➔ Le **quotient** représente la **partie entière** et le **reste** de la division représente le **numérateur de la partie fractionnaire**.

$$\frac{27}{5} = 5 + \frac{2}{5}$$

➔ La partie fractionnaire doit être inférieure à 1.

➔ Dans l'exemple la partie entière de $\frac{27}{5}$ est 5 et sa partie fractionnaire est $\frac{2}{5}$.

De même, en effectuant la division de 14 par 3, on peut décomposer $\frac{14}{3}$.

On obtient : $\frac{14}{3} = 4 + \frac{2}{3}$. Les parties entières de $\frac{14}{3}$ et de $\frac{27}{5}$ ne sont pas égales.

➔ Il suffit de les comparer pour comparer $\frac{14}{3}$ et de $\frac{27}{5}$.

$5 > 4$ donc $\frac{27}{5} > \frac{14}{3}$.

3. Autres types de comparaisons de fractions

3.1. Fractions ayant le même dénominateur

Analyse

Soit à comparer : $\frac{4}{5}$ et $\frac{7}{5}$.

Les dénominateurs sont identiques. Il suffit donc de comparer les numérateurs.
La **plus grande fraction** sera celle ayant le **numérateur le plus grand**.

$$\frac{4}{5} < \frac{7}{5}$$

3.2. Fractions ayant le même numérateur

Analyse

Soit à comparer : $\frac{7}{8}$ et $\frac{7}{2}$.

➔ Ici, il faut comparer les dénominateurs, le dénominateur indiquant en combien de parties est divisé un objet, **plus le dénominateur sera grand plus la fraction sera petite**.

$$\frac{7}{8} < \frac{7}{2}$$

3e période

3.3. Fractions ayant des dénominateurs différents

Dans ce cas, il faut ramener les fractions à des fractions ayant des dénominateurs identiques.

Analyse

Soit à comparer : $\dfrac{4}{25}$ et $\dfrac{7}{28}$.

$\dfrac{4}{25} = \dfrac{4 \times 4}{25 \times 4} = \dfrac{16}{100}$

$\dfrac{7}{28} = \dfrac{7 \times 1}{7 \times 4} = \dfrac{1 \times 25}{4 \times 25} = \dfrac{25}{100}$

➔ Nous avons transformé chaque fraction de manière à nous ramener au cas de fractions ayant le même dénominateur.

$\dfrac{16}{100} < \dfrac{25}{100}$ donc $\dfrac{4}{25} < \dfrac{7}{28}$

➔ Ce dénominateur commun doit être un multiple des dénominateurs des fractions initiales.

3.4. Placer des fractions sur une droite graduée

Pour placer des fractions sur une droite graduée **deux méthodes** sont possibles.

Méthode 1 : si les fractions à placer ont des dénominateurs différents, il faut calculer les valeurs décimales des fractions concernées et placer les fractions selon leurs valeurs décimales.

Exemples

$\dfrac{1}{3} \approx 0,333$; $\dfrac{1}{2} = 0,5$; $\dfrac{3}{4} = 0,75$; $\dfrac{7}{5} = 1,4$; $\dfrac{13}{9} \approx 1,444$

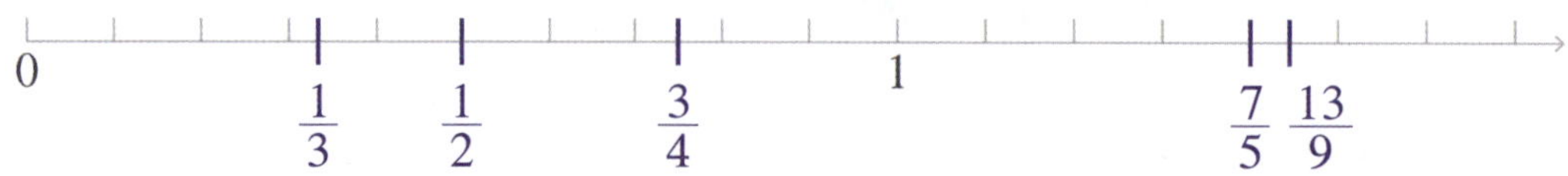

Méthode 2 : si les fractions à placer ont le même dénominateur, il suffit de choisir une unité correspondant au dénominateur.

Exemples

$\dfrac{1}{7}$; $\dfrac{5}{7}$; $\dfrac{13}{7}$; $\dfrac{15}{7}$

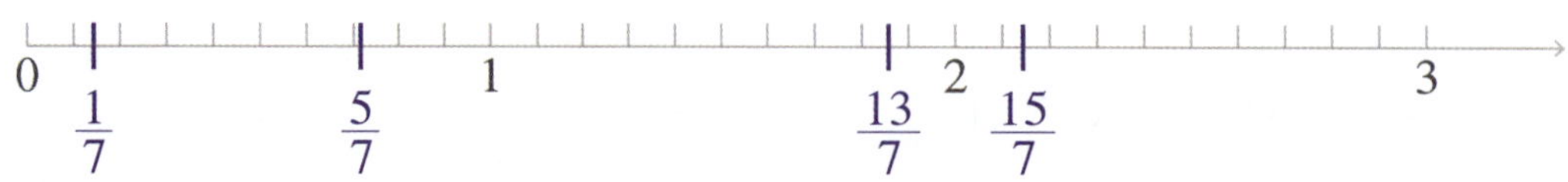

Remarque Il est toujours possible de *réduire les fractions au même dénominateur* pour se ramener à ce dernier cas.

III - Reconnaître et prendre une fraction d'un élément

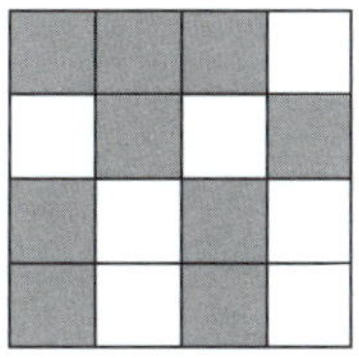

Le découpage du carré est réalisé ici en 16 parties égales (16 carreaux) donc le dénominateur est 16.

Le carré entier vaut $1 = \frac{16}{16}$.

La partie grise est de 9 carreaux. Elle représente les $\frac{9}{16}$ du carré.

Analyse

Calculons et vérifions sur le dessin combien représente la partie blanche.
Il y a 7 carreaux blancs.

➔ $\frac{16}{16}$ du carré initial diminué des $\frac{9}{16}$ coloriés est égal à $\frac{7}{16}$

➔ En effet, $\frac{16}{16} - \frac{9}{16} = \frac{7}{16}$.

1. Application au partage d'un segment de droite

Analyse

Soit un segment $[AB]$.
Placez le point M de telle sorte que la longueur de $[AM]$ soit les $\frac{5}{7}$ de $[AB]$.

➔ Nous allons d'abord tracer un segment $[AB]$ que nous allons partager en 7 parties de longueurs égales (nous pouvons choisir $AB = 7$ cm pour plus de commodité).

AM vaut les $\frac{5}{7}$ de AB.

On peut écrire $AM = \frac{5}{7} \times AB$.

➔ Nous remarquons que prendre une fraction de AB revient à multiplier AB par la fraction en question, ici $\frac{5}{7}$. On remarque que $\frac{5}{7} = 5 \times \frac{1}{7}$ donc :

➔ Nous allons calculer AM si $AB = 70$:

- **1re manière :**

$$AM = 70 \times \frac{5}{7} = (70 \times \frac{1}{7}) \times 5$$
$$= \frac{70}{7} \times 5 = 10 \times 5 = 50$$

- **2e manière :**

$$70 \times \frac{5}{7} = (70 \times 5) \times \frac{1}{7}$$
$$= 350 \times \frac{1}{7} = 50$$

- **3e manière :**

Calculer lorsque cela est possible la valeur exacte de $\frac{5}{7}$.

Ici le quotient n'est pas décimal : $\frac{5}{7} \approx 0,714$.
$70 \times 0,714 \approx 49,98$

Remarque Il vaut donc mieux **utiliser les deux premières manières** qui conduisent au résultat exact. En effet, dans ce dernier cas, l'erreur commise sur la division serait multipliée par 70.

IV - Simplification des fractions

Simplifier une fraction, c'est la rendre irréductible. C'est trouver une fraction égale dont la valeur décimale soit identique à celle de la fraction de départ et dont le numérateur et le dénominateur soient les plus petits possibles.

Analyse

Soit à simplifier : $\frac{18}{45}$.

- Si on applique les critères de divisibilité on voit que le numérateur et le dénominateur sont des multiples de 9.

$\frac{18}{45} = \frac{2 \times 9}{5 \times 9}$.

- Nous pouvons donc simplifier par 9.
- La forme simplifiée de $\frac{18}{45}$ est $\frac{2}{5}$.
- $\frac{2}{5}$ est une fraction irréductible car il n'existe pas d'autre nombre que 1 pour diviser en même temps 2 et 5.

EXERCICE 38

Niveau ★

Comparez les fractions suivantes à l'unité :

$\frac{4}{3}$ $\frac{9}{5}$ $\frac{3}{4}$ $\frac{5}{8}$ $\frac{14}{2}$ $\frac{27}{3}$ $\frac{15}{4}$

Écrivez sur une feuille ou dans votre cahier

EXERCICE 39

Niveau ★★

Décomposez les fractions suivantes en leur partie entière et partie fractionnaire :

$\frac{11}{3}$ $\frac{31}{19}$ $\frac{45}{4}$ $\frac{29}{13}$ $\frac{72}{7}$

EXERCICE 40

Niveau ★★

Comparez les fractions :

$\frac{8}{15}$ et $\frac{9}{25}$ $\frac{15}{18}$ et $\frac{30}{36}$ $\frac{19}{50}$ et $\frac{29}{75}$

EXERCICE 41

Niveau ★★★

Placez sur une droite graduée les fractions suivantes :

$\frac{3}{5}$; $\frac{9}{5}$; $\frac{1}{2}$; $\frac{7}{9}$; $\frac{3}{10}$; $\frac{3}{7}$; $\frac{17}{10}$

EXERCICE 42

Niveau ★★

Sachant qu'une heure correspond à 60 minutes, calculez de manières différentes à combien de minutes correspondent les fractions d'heure suivantes.

$\frac{1}{2}$ h $\frac{1}{4}$ h $\frac{3}{4}$ h $\frac{5}{12}$ h $\frac{6}{8}$ h $\frac{3}{5}$ h $\frac{7}{2}$ h

EXERCICE 43

Niveau ★★

Simplifiez les fractions suivantes :

$\frac{5}{10}$ $\frac{15}{100}$ $\frac{175}{1000}$ $\frac{18}{24}$ $\frac{25}{35}$ $\frac{13}{169}$ $\frac{11}{121}$ $\frac{125}{625}$

3e période

EXERCICE 44

Niveau ★★

On compte 420 races de chiens dans le monde. En France on trouve $\frac{13}{21}$ de ces races.

Combien de races de chiens trouve-t-on en France ?

EXERCICE 45

Niveau ★★

Calculez :

$\frac{3}{10}+\frac{5}{10}$

$\frac{7}{100}+\frac{15}{100}$

$\frac{1}{3}+\frac{7}{3}$

$\frac{27}{100}+\frac{9}{10}+\frac{5}{1000}$

Écrivez sur une feuille ou dans votre cahier

LEÇON 3

Périmètres et aires

I - Définition du périmètre

***Péri* signifie autour. Chercher le périmètre signifie donc chercher la longueur du contour d'un objet ou d'une figure.**

Analyse

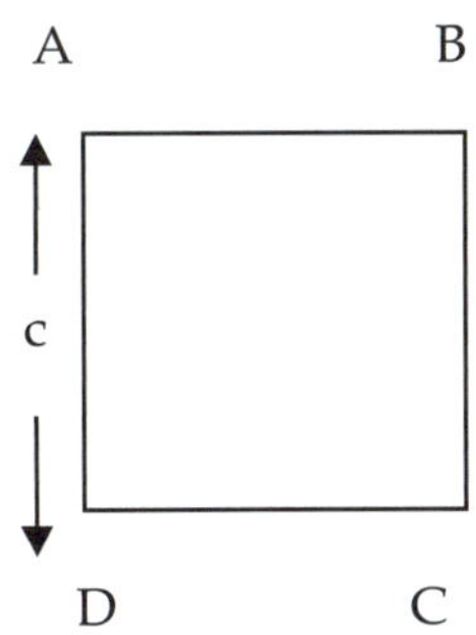

La figure $ABCD$ est un quadrilatère dont les dimensions des côtés sont identiques. Il s'agit d'un carré dont chaque côté a pour dimension 3 cm. Les quatre côtés ont donc une longueur totale de $3 + 3 + 3 + 3 = 12$ cm.
Le périmètre de $ABCD$ est $\mathcal{P} = 4 \times c$ soit
➔ $\mathcal{P} = 3 \times 4 = 12$ cm.

Le rectangle c'est aussi un quadrilatère dont les côtés perpendiculaires ont des dimensions inégales. La plus grande est la longueur et la plus petite est la largeur.

Analyse

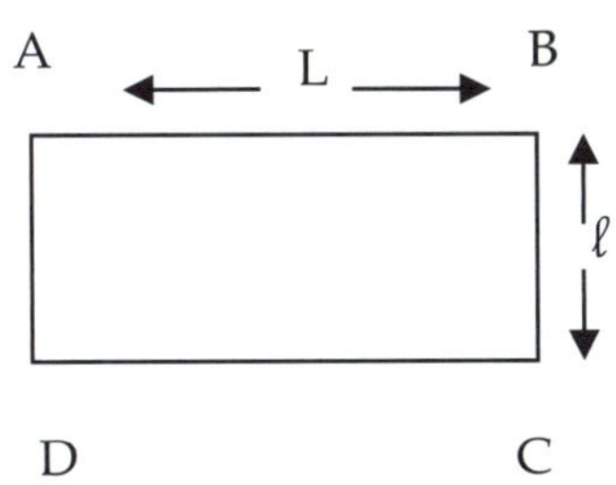

Le périmètre du rectangle $ABCD$ est :
$AB + BC + CD + DA = L + l + L + l$
$\mathcal{P} = (L + l) \times 2$
Si $L = 5$ cm et $l = 2$ cm alors
➔ $\mathcal{P} = (5 + 2) \times 2 = 14$ cm.

Remarque Les unités utilisées pour le **calcul des périmètres sont les unités de longueur**, c'est-à-dire les multiples et sous-multiples du mètre.

On peut calculer le périmètre de n'importe quel polygone. Il suffit de faire la somme des mesures des différents côtés après les avoir converties dans la même unité.

Rappel

Nous avons vu dans les leçons précédentes comment calculer la longueur de la circonférence d'un cercle.
$\mathcal{L} = 2 \times \pi \times R = \pi \times D$

Un polygone (du grec *polus*, nombreux, et *gônia*, angle) est une figure plane formée d'une suite fermée de segments, chacun d'entre eux partageant une extrémité avec le précédent et le suivant.

II - Définition de l'aire

L'aire d'une figure est la mesure de la surface intérieure au pourtour.
La partie en traits épaissis représente le périmètre tandis que les hachures représentent la surface intérieure que l'on mesure par son aire.

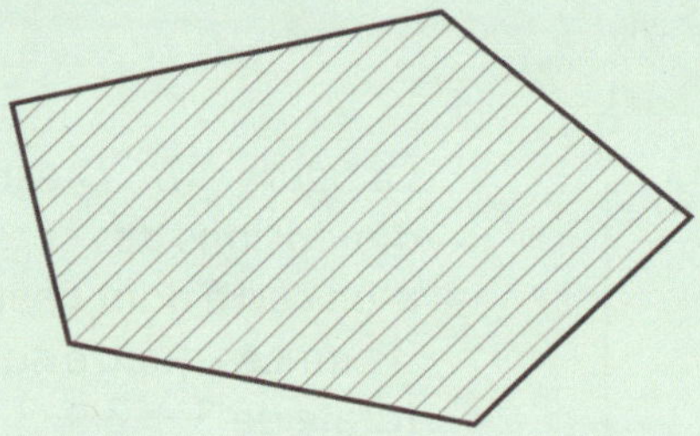

Attention Il ne faut donc **pas confondre périmètre, surface ou aire**.

III - Unités d'aire

Les unités d'aire sont principalement le **m²**, **ses multiples et ses sous-multiples**.

L'aire du carré se calcule en multipliant la mesure du côté par elle-même soit :
$c \times c = c^2$ **se lit *c au carré*.**

Le mètre carré (m²) est la surface d'un carré de 1 m de côté :
$1\ m^2 = 1\ m \times 1\ m$

Nous pouvons à partir de là déterminer quelques correspondances avec d'autres unités.

Exemples

$1\ m = 10\ dm$
$1\ m^2 = 10\ dm \times 10\ dm = 100\ dm^2 = 10\ 000\ cm^2$
$1\ m^2 = 0{,}1\ dam \times 0{,}1\ dam = 0{,}01\ dam^2 = 0{,}0001\ hm^2$

Remarque Pour passer d'une unité d'aire à l'unité d'aire qui lui est strictement inférieure, il faut multiplier par 100.

IV - Tableau d'unités de surface

multiples				sous-multiples		
Km^2	hm^2	dam^2	m^2	dm^2	cm^2	mm^2
			2			

Exemple

2 m² = 200 dm² = 20 000 cm² = 2 000 000 mm²
2 m² = 0,02 dam² = 0,0002 hm² = 0,000002 Km²

Pour pouvoir calculer une surface, il faut exprimer les dimensions dans la même unité pour que le résultat soit dans l'unité d'aire correspondante. Il est possible après d'opérer des conversions.

V - Aire du rectangle et du triangle rectangle

L'aire du rectangle est $L \times l$.

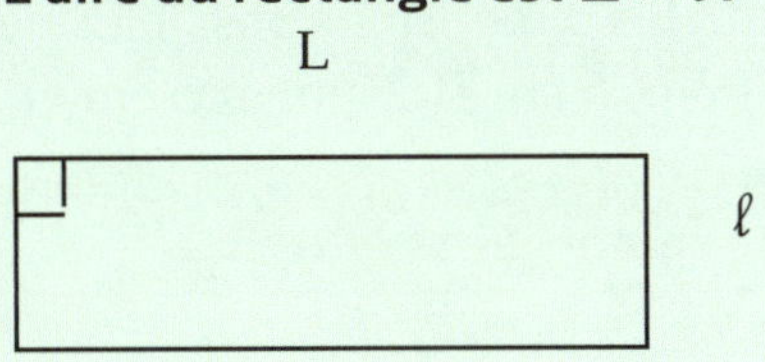

Le triangle rectangle est un demi-rectangle, donc l'aire correspondante est $(L \times l) \div 2$

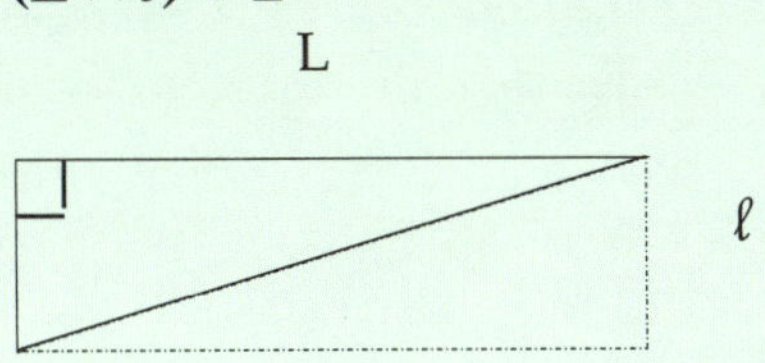

EXERCICE 46

Niveau ★★

Le périmètre d'un carré étant de 16 cm, donnez plusieurs dimensions possibles d'un rectangle non carré ayant le même périmètre. On se limitera à des nombres entiers.

Écrivez sur une feuille ou dans votre cahier

EXERCICE 47

Niveau ★★

Comparez le périmètre du polygone exprimé en fonction de R (6 côtés égaux) et la longueur de la circonférence C si $\pi = 3,14$.

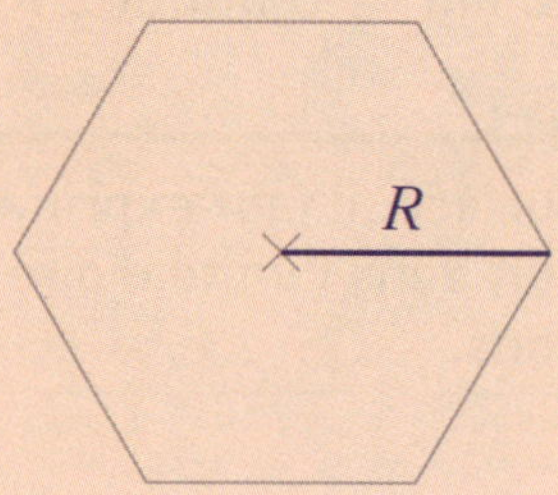

EXERCICE 48

Niveau ★★

Soit deux rectangles ayant le même périmètre 16 cm, les dimensions possibles des longueurs et largeurs sont respectivement 7 cm et 1 cm, 6 cm et 2 cm, et 5 cm et 3 cm.

Calculez dans chaque cas les différentes aires. Que remarquez-vous ?

EXERCICE 49

Niveau ★★

Effectuez les conversions suivantes dans l'unité demandée.

En cm² :

- 0,496 m²
- 0,00405 dam²
- 527 211 mm²

En dam² :

- 2,42 dm²
- 72 584 dm²
- 4 037 mm²

LEÇON 4 # Construire une figure

I - Le rapporteur

L'utilisation du rapporteur est très importante. Un rapporteur est **gradué en degré de $0°$ à $180°$**.

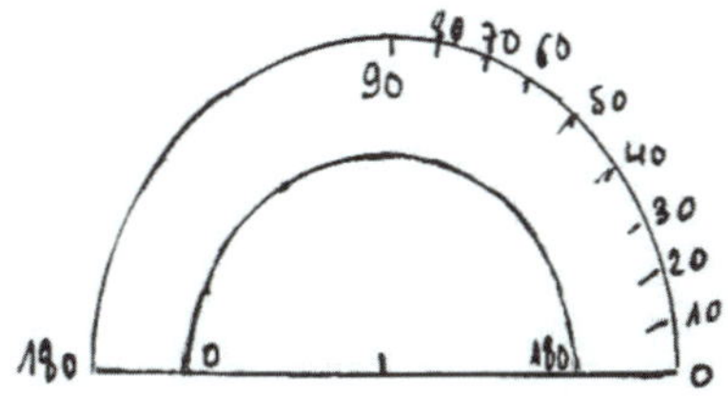

Remarque Le rapporteur comporte le plus souvent deux jeux de graduation : l'un sur le cercle extérieur et l'autre sur le cercle intérieur mais gradué en sens inverse pour plus de commodité.

II - Mesure d'un angle à l'aide d'un rapporteur

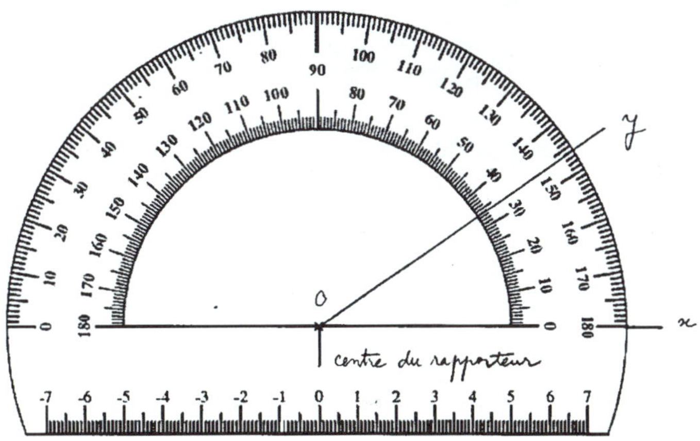

Point méthode

Comment mesurer un angle $\widehat{xOy}$?

- Commencer par placer le rapporteur sur le côté $[Ox)$ de l'angle en faisant coïncider le sommet O de l'angle avec le centre du rapporteur et la base avec le côté.
- Lire la mesure de $\widehat{xOy}$ à l'intersection du côté $[Oy)$ avec le rapporteur. Ici $34°$.

Remarque On peut choisir indifféremment l'un ou l'autre des côtés de l'angle à condition de placer le rapporteur correctement.

III - Tracer un angle d'une mesure donnée

Point méthode

Étape 1 : commencer par tracer un des côtés de l'angle en marquant distinctement son sommet S.

Étape 2 : poser le rapporteur sur l'angle en faisant coïncider le centre du rapporteur avec le sommet de l'angle et en faisant coïncider également la graduation zéro du rapporteur avec ce même côté.

Étape 3 : à partir de la graduation zéro, compter le nombre de degrés voulus et marquer un point. Enlever le rapporteur et joindre ce point avec le point correspondant au sommet.

Soit à construire un angle de 70° de sommet S.

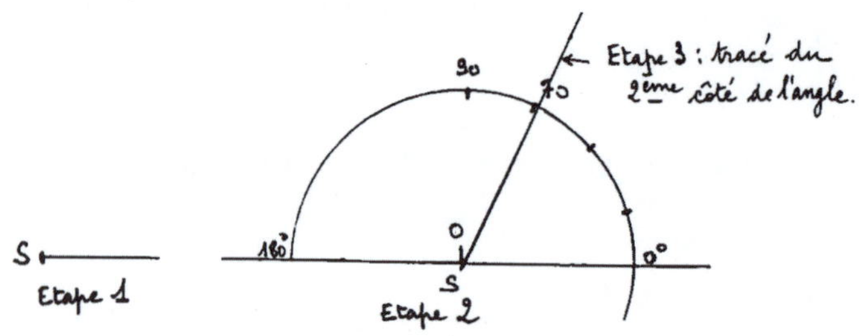

IV - Bissectrice d'un angle

1. Définition

La bissectrice d'un angle est la demi-droite qui, issue du sommet d'un angle, partage cet angle en deux angles adjacents égaux.

2. Tracer à l'aide du rapporteur

Point méthode

Étape 1 : il faut d'abord connaître la mesure de l'angle dont il faut tracer la bissectrice.

Étape 2 : si on ne connaît pas la mesure de l'angle, il faut commencer par mesurer l'angle. La dimension en degrés obtenue sera divisée par deux.

Étape 3 : Sans bouger le rapporteur, il suffira de marquer la division correspondante puis de tracer la droite joignant cette division au sommet de l'angle.

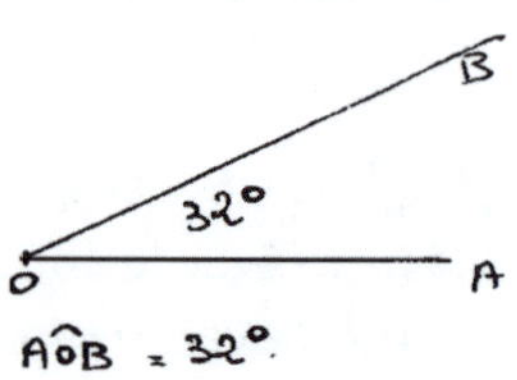

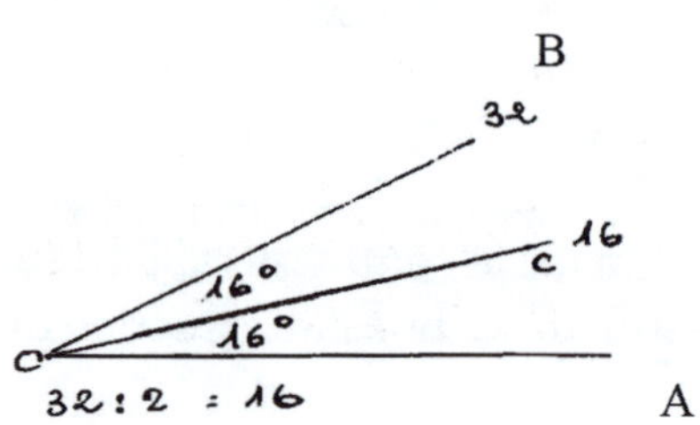

$\widehat{AOC} = \widehat{COB}$

3. Tracer à l'aide du compas

L'angle étant dessiné, il n'est pas nécessaire de le mesurer. Avec le compas la connaissance de la dimension de l'angle n'est pas une nécessité mais simplement le moyen de contrôler avec le rapporteur.

Analyse

- On prend un écartement de compas de 3 cm, on pose la pointe sèche sur le sommet S de l'angle et on trace deux arcs de cercle coupant les côtés de l'angle en A et B.
- Puis on déplace la pointe sèche en A et on trace un nouvel arc de cercle à l'intérieur de l'angle.
- Puis sans changer d'écartement, on déplace la pointe sèche en B.
- On trace un nouvel arc de cercle coupant le précédent, on joint ensuite le sommet S à ce point.

➔ La demi-droite obtenue est la bissectrice de l'angle, elle partage l'angle en deux angles adjacents égaux :
$[ST)$ est la bissectrice de l'angle $\widehat{VSU}$.
$\widehat{VST}$ et $\widehat{TSU}$ sont deux angles adjacents égaux.

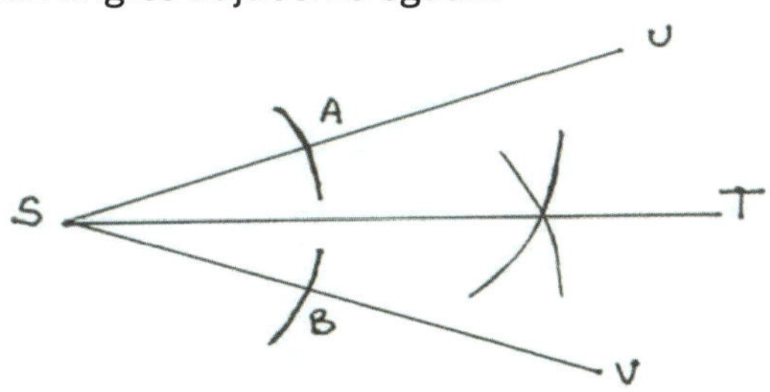

Remarque Lorsque la méthode n'est pas imposée, il vaut mieux **privilégier la méthode utilisant le compas** qui est plus précise et plus rapide.

3.1. Angles rentrants

Analyse

L'angle rentrant $\widetilde{TSU}$ est noté sur le dessin à l'aide d'une flèche.
Pour connaître la valeur de l'angle rentrant, on fait la différence entre $360°$ (valeur de l'angle plein) et l'angle $\widehat{UST}$ mesuré (ici $45°$).

➔ L'angle rentrant mesure donc $360 - 45 = 315°$.

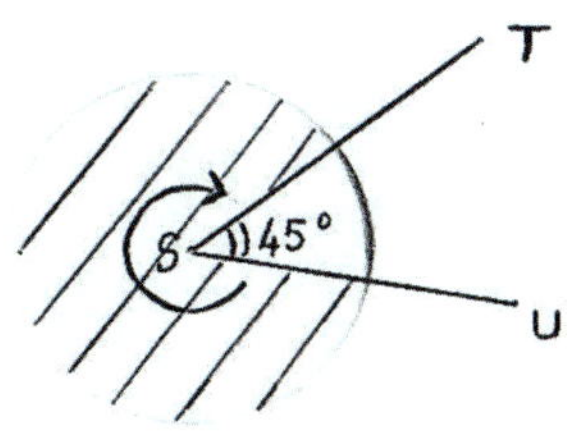

V - Longueur d'un arc de cercle

Chaque arc de cercle correspond à un angle au centre. Un cercle complet correspond à un angle de $360°$.

Analyse

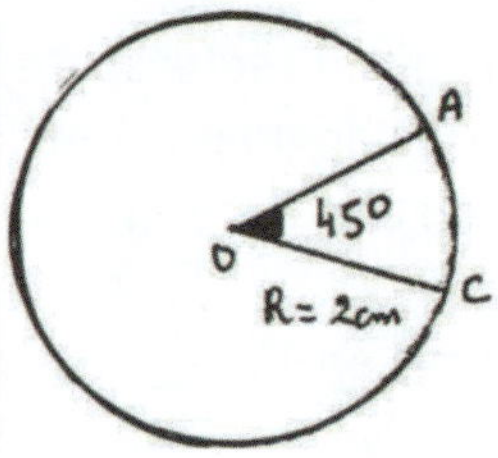

Soit à calculer la longueur de l'arc $\widehat{AC}$ correspondant à un angle au centre de $45°$ et de rayon $R = 2$ cm. $\pi \approx 3,14$.

Fraction de cercle $= \dfrac{45}{360} = \dfrac{1}{8}$ de la circonférence totale.

➔ La longueur $\widehat{AC} \approx \dfrac{1}{8} \times 3,14 \times 2 \times 2 = \dfrac{3,14}{2}$

$$\approx \frac{1 \times 3,14 \times 2 \times 2}{8} = \frac{3,14}{2}$$

$$\approx \frac{1 \times 3,14 \times 2 \times 2}{2 \times 2 \times 2} = \frac{3,14}{2}$$

$$\approx \frac{1 \times 3,14 \times \cancel{2} \times \cancel{2}}{2 \times \cancel{2} \times \cancel{2}} = \frac{3,14}{2}$$

$$\approx 1,57 \text{ cm}$$

Remarque Par commodité de calcul nous avons choisi pour la valeur de π sa valeur arrondie au centième près donc $3,14$.

VI - Triangles ayant un ou deux angles de valeurs données

Analyse

1er exemple : construction d'un triangle ABC ayant deux angles $\widehat{A}$ et $\widehat{B}$ égaux à $60°$ et un côté de 5 cm.

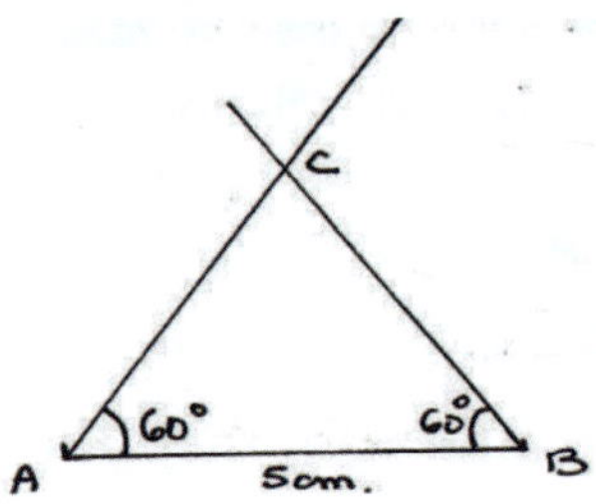

- Commencer par tracer le côté de 5 cm puis à l'aide du rapporteur tracer les angles $\widehat{A}$ et $\widehat{B}$ de $60°$.
- Si l'on mesure l'angle $\widehat{C}$, on constate que sa valeur est de $60°$.

➔ Le triangle a donc ses 3 angles égaux, c'est un triangle équilatéral.

- Si l'on mesure les côtés $[AC]$ et $[BC]$ on constate que leur mesure est égale à 5 cm.

➔ Un triangle qui a ses 3 côtés égaux est équilatéral.

Analyse

2ᵉ exemple : construction d'un triangle ABC ayant un angle $\widehat{A}$ de $70°$ et deux côtés $[AB]$ et $[AC]$ de mesure respective à 5 cm et 7 cm.

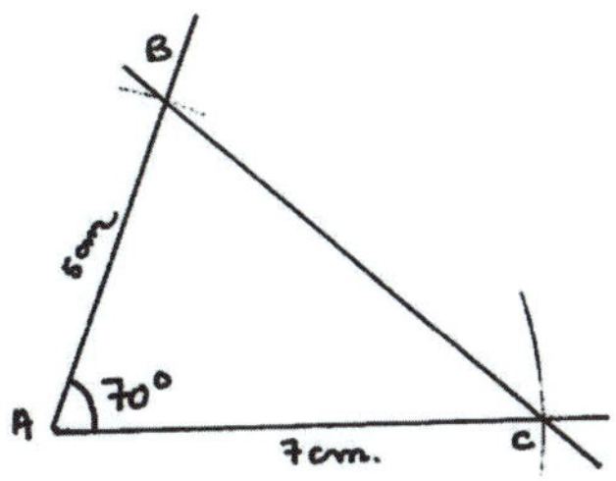

- On trace un angle de $70°$. Puis depuis le sommet de cet angle on reporte à l'aide du compas un écartement de 5 cm sur un des côtés de l'angle et 7 cm sur l'autre.
- Ensuite on joint les deux intersections pour former le triangle demandé.

VII - Angles supplémentaires et complémentaires

Pour que deux angles puissent être supplémentaires ou complémentaires, il faut d'abord qu'ils aient un sommet et un côté commun et qu'ils soient situés de part et d'autre du côté commun. On dit qu'ils sont adjacents.

- **Si leur somme est égale à $90°$ (angle droit) on dit qu'ils sont complémentaires.**
- **Si leur somme est égale à $180°$ (angle plat) on dit que les angles sont supplémentaires.**

Analyse

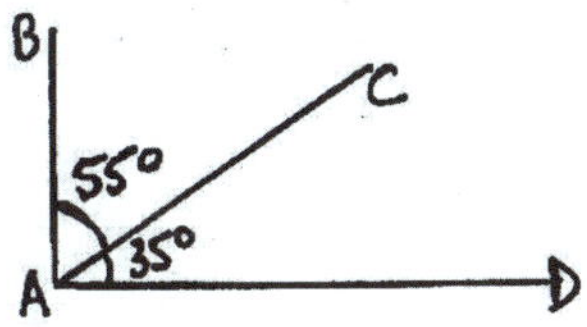

$\widehat{DAC}$ et $\widehat{CAB}$ sont adjacents car ils ont la demi-droite $[AC)$ et le sommet A en commun.
De plus ils sont complémentaires car $55° + 35° = 90°$.

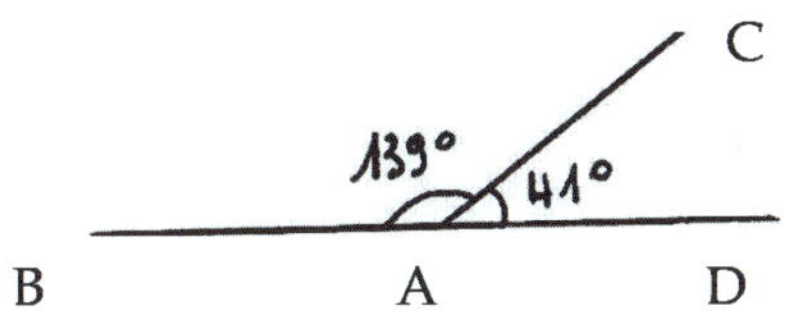

Ces deux angles $\widehat{DAC}$ et $\widehat{CAB}$ sont supplémentaires car leur somme $139° + 41° = 180°$ et ils sont adjacents.

EXERCICE 50

Niveau ★

Écrivez sur une feuille ou dans votre cahier

Tracez en laissant les traits de construction apparents les bissectrices des angles suivants.
Donnez les dimensions en degrés des angles $\widehat{xOy}$, $\widehat{STU}$ et $\widehat{SVP}$.

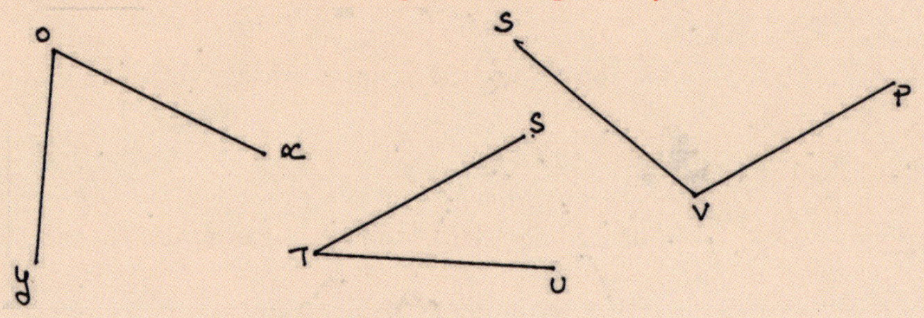

EXERCICE 51

Niveau ★

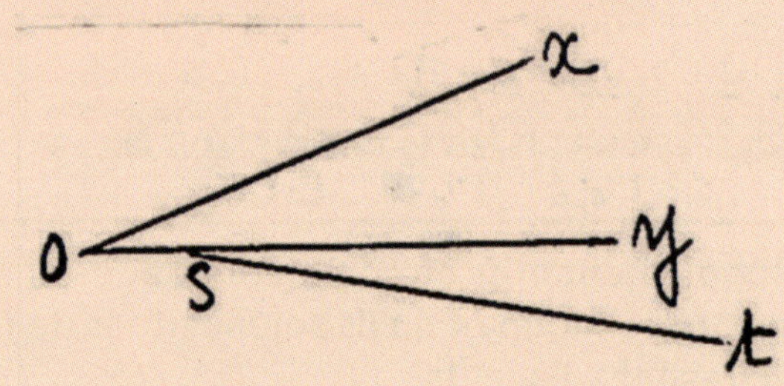

Les angles $\widehat{xOy}$ et $\widehat{ySt}$ sont-ils adjacents ?
Tracez deux angles adjacents de $35°$ et $15°$.
Tracez l'angle complémentaire de $\widehat{xAy} = 27°$.
Tracez l'angle supplémentaire de $\widehat{zBt} = 78°$.

FICHE DE SYNTHÈSE 3e PÉRIODE

CE QU'IL FAUT RETENIR

Écriture fractionnaire du quotient exact de deux nombres

- **Définition** : un quotient est exact si son produit avec le diviseur est égal au dividende (le reste est nul)
- **Écriture fractionnaire du quotient exact** : chercher le quotient exact d'un dividende a par un diviseur non nul b c'est chercher le nombre ? tel que $b \times ? = a$.

  On le note $? = \frac{b}{a}$. On peut écrire : $b \times \frac{a}{b} = a$
- Le numérateur a de $\frac{a}{b}$ est le dividende de la division de a par b.
- Le dénominateur b de $\frac{a}{b}$ est le diviseur de la division de a par b.
- On a donc aussi l'égalité $2 \times (b \times ?) = 2 \times a$ donc $2b \times a = 2 \times a$

  donc $? = \frac{2 \times a}{2 \times b}$

Propriété d'une écriture fractionnaire

Le quotient exact est inchangé si on multiplie par un même nombre k le dividende et le diviseur de ce quotient, c'est-à-dire le numérateur et le dénominateur de son écriture fractionnaire.

On écrit : $\frac{a}{b} = \frac{k \times a}{k \times b}$

Application 1 Division d'un nombre par un nombre décimal	Pour diviser deux nombres décimaux, il suffit de rendre entier le dénominateur en multipliant par 10, 100, 1000 ... selon le cas, le numérateur et le dénominateur de l'écriture fractionnaire du quotient.
Application 2 Transformation d'une écriture fractionnaire en fraction	Une fraction est une écriture fractionnaire où le numérateur et le dénominateur sont des nombres entiers. Si le dénominateur est 10, 100, 1000 le produit de facteurs égaux à 10 alors la fraction est appelée fraction décimale.
Application 3 : Simplification de fraction	Simplifier une fraction signifie diviser le numérateur et le dénominateur par un diviseur commun.
Application 4 : Réduction au même dénominateur	Réduire au même dénominateur deux fractions $\frac{a}{b}$ et $\frac{c}{d}$ de dénominateurs différents c'est écrire une fraction égale à chacune d'elle de même dénominateur d. Le dénominateur est un multiple commun des dénominateurs b et d.

CE QU'IL FAUT RETENIR

Opérations avec des fractions et comparaison

Addition-soustraction de deux fractions de même dénominateur

- La somme de deux fractions de même dénominateur a pour numérateur, la somme des numérateurs et pour dénominateur, le dénominateur commun des deux fractions.
- La différence de deux fractions de même dénominateur a pour numérateur la différence des numérateurs et pour dénominateur, le dénominateur commun des deux fractions.

Comparaison de deux fractions de même dénominateur :
Deux fractions de même dénominateur sont rangées comme leurs numérateurs.

Addition , soustraction , comparaison de deux fractions de dénominateurs différents
Pour comparer, additionner, soustraire deux fractions de dénominateurs différents, il faut auparavant, réduire ces fractions au même dénominateur.

Périmètre et aire d'une figure

Le **périmètre** d'une figure est la longueur de son contour.	• Le périmètre du rectangle $ABCD$ est la longueur du contour : $AB + BC + CD + DA$ soit $\mathcal{P} = 2(L + l)$ avec L la longueur du rectangle, l sa largeur. • Le périmètre du cercle de centre O et de rayon R est $\mathcal{P} = 2\pi R$
L'**aire** d'une figure est la mesure de la surface intérieure au pourtour.	• Aire du rectangle : $\mathcal{A} = L \times l$ • Aire du triangle rectangle : $\mathcal{A} = \frac{L \times l}{2}$

Angles

Bissectrice d'un angle
Définition : la bissectrice d'un angle $\widehat{xOy}$ est la demi-droite d'origine O (sommet de l'angle) qui partage cet angle en deux angles adjacents égaux.

3e période

EXERCICE 52: DÉFI !

Niveau ★★★★

Partie 1

1. Calculez et mettez le résultat sous la forme d'une fraction irréductible

$$\frac{38}{10}-\left(\frac{35}{100}-\frac{15}{1000}\right)+2,15$$

2. Donnez un encadrement à $0,01$ près de la fraction irréductible obtenue à la question 1.
3. Déduisez l'arrondi au dixième près
4. Quel est le nombre dont le produit avec 12 est égal à 69 ? (Donnez sa valeur exacte et son arrondi au 1/10e)
5. Comparez ce nombre avec celui obtenu en 1.

Partie 2

6. Construisez un triangle ABC tel que $\widehat{ACB}=60^{\circ}$, $\widehat{BAC}=30^{\circ}$ et $AC=4,5$ cm.
7. Placez I le milieu de $[AC]$.
8. Tracez la bissectrice de l'angle $\widehat{BIC}$. Elle coupe le côté $[BC]$ en O.
9. Complétez la phrase : le point O semble ______________ .

Cette phrase est appelée une conjecture en mathématiques, c'est-à-dire une observation que l'on fait mais qui n'a pas été démontrée, donc que l'on ne peut pas affirmer. Ce résultat pourra être démontré dans les classes supérieures.

POUR ALLER PLUS LOIN

Vous apprendrez les **opérations sur les fractions** : addition, soustraction, multiplication, division.

Vous serez capables d'effectuer des **calculs en chaînes** et pourrez résoudre de nombreux problèmes de la vie courante faisant intervenir des durées (1/4 h, 1/2 h, 3/4 h...), des parts de tarte, des parts d'héritage...

Les **périmètres et les aires vous permettront d'étudier des figures complexes** comme des logos de grandes marques ou bien des mesures précises dans le bâtiment lors de grands travaux publics par exemple...

Vous apprendrez à calculer des angles entre deux droites sécantes ou parallèles, les angles dans les triangles et dans les quadrilatères particuliers et vous commencerez de **véritables démonstrations de géométrie plane**.

BILAN-TEST 3e PÉRIODE

Répondez à chacune des questions ci-dessous.
Pour calculer votre score, vous pouvez vous reporter ensuite aux pages de corrigé.
Chaque bonne réponse vous rapporte 1 point. Les réponses incorrectes ne rapportent aucun point.

Score

1 Calculer $123 \div 52$. Quel est le quotient arrondi au dixième ?

☐ **a.** 2,3 ☐ **b.** 2,4 ☐ **c.** 2,5 ☐ **d.** 2,6

2 Calculer $276 \div 115$. Quel est le quotient arrondi au centième ?

☐ **a.** 2,39 ☐ **b.** 2,40 ☐ **c.** 2,41 ☐ **d.** 2,42

3 Calculer $13,5 \div 4,5$. Quel est l'encadrement au millième de ce quotient ?

☐ **a.** Entre 2,999 et 3,001 ☐ **b.** Entre 2,998 et 3,000
☐ **c.** Entre 3,000 et 3,002 ☐ **d.** Entre 3,001 et 3,003

4 Calculer $11,56 \div 3,2$. Quel est l'encadrement au dixième de ce quotient ?

☐ **a.** Entre 3,5 et 3,6 ☐ **b.** Entre 3,6 et 3,7
☐ **c.** Entre 3,7 et 3,8 ☐ **d.** Entre 3,8 et 3,9

5 Soit le nombre décimal $5,789$. Quelle est sa troncature au centième ?

☐ **a.** 5,78 ☐ **b.** 5,79 ☐ **c.** 5,80 ☐ **d.** 5,81

Score

6 Soit le nombre décimal $8{,}3451$. Quel est son arrondi au millième ?

☐ **a.** $8{,}344$ ☐ **b.** $8{,}345$ ☐ **c.** $8{,}346$ ☐ **d.** $8{,}347$

7 Comparez $\frac{3}{4}$ et $\frac{4}{5}$. Laquelle est la plus grande ?

☐ **a.** $\frac{3}{4}$ ☐ **b.** $\frac{4}{5}$

☐ **c.** Elles sont égales ☐ **d.** Impossible à déterminer

8 Un triangle rectangle a des côtés de 6 cm et 8 cm. Quelle est son aire ?

☐ **a.** 12 cm² ☐ **b.** 24 cm² ☐ **c.** 48 cm² ☐ **d.** 96 cm²

9 Si un angle est mesuré à $110°$ avec un rapporteur, quel type d'angle est-ce ?

☐ **a.** Aigu ☐ **b.** Obtus ☐ **c.** Droit ☐ **d.** Plat

10 Quelle description correspond à un angle rentrant ?

☐ **a.** Un angle moins grand que $90°$.
☐ **b.** Un angle plus grand que $90°$ mais moins que $180°$.
☐ **c.** Un angle plus grand que $180°$ mais moins que $360°$.
☐ **d.** Un angle de $360°$.

Votre score total

3e période

4e période

LEÇON 1

Éveil aux équations

I - Qu'est-ce que résoudre une équation ?

Résoudre une équation est trouver une valeur manquante permettant de vérifier une égalité.

Exemples

- $5 + ... = 12$

Ici il convient de chercher le nombre qui ajouté à 5 donnera 12. Nous savons que c'est 7 car $7 + 5$ est bien égal à 12.

Nous pouvons procéder de la même manière avec une différence.

- Soit $19 - ... = 10$

Il faut trouver ici le nombre qui, retranché à 19, donne 10 pour résultat.

Dans les deux exemples nous avons effectué une résolution d'équation

Nous allons maintenant nous familiariser avec l'emploi de lettres pour désigner le nombre que l'on cherche, que l'on nomme ***inconnue*** au départ. **Lorsque nous avons trouvé quelle valeur nous pouvons donner à cette inconnue : nous obtenons la solution.**

Analyse

Prenons comme exemple une balance.
Les plateaux supportant chacun la même masse sont en équilibre.

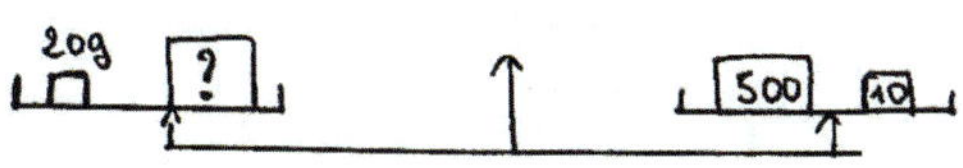

Cherchons la masse x de l'objet situé sur le plateau de gauche. L'équilibre étant réalisé, la masse des objets du plateau de gauche, soit $x + 20$ g, est identique à la masse du plateau de droite, nous pouvons donc écrire l'égalité suivante :
$x + 20 = 510$
La masse sera $510 - 20 = 490$ g.

→ La solution de l'équation est donc 490 (c'est la quantité que l'on doit ajouter à 20 pour obtenir 510).
→ Nous avons donc une équation du type $a + x = b$, la solution est $x = b - a$ si $b > a$.

4e période

x peut-être un nombre entier, décimal, fractionnaire.

Cela signifie que si on cherche un nombre x dont la somme avec a est égale à b alors x est la différence $b - a$.

II - Écrire une équation pour la résoudre

Analyse

Je pense à un nombre, je lui ajoute 10,5, j'obtiens 36,4.

Quel est le nombre auquel j'ai pensé au début ?
Mettons le problème en schéma :

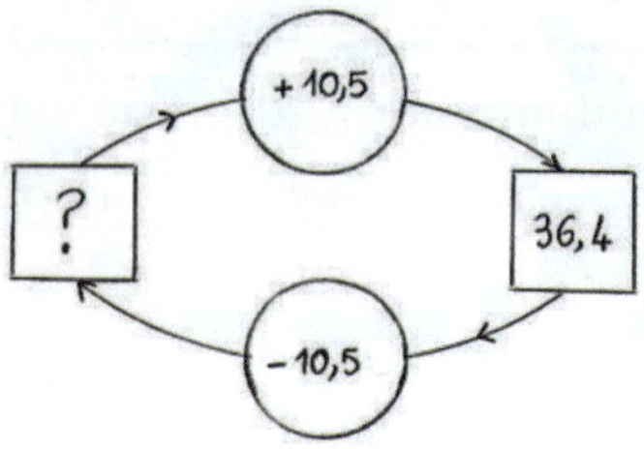

On cherche ? tel que $? + 10,5 = 36,4$

➔ Donc $? = 36,4 - 10,5$
➔ Donc $? = 25,9$.

- Remplaçons maintenant ? par la lettre x, nous obtenons :

➔ $x + 10,5 = 36,4$ donc $x = 36,4 - 10,5$.
➔ $x = 25,9$.

Analyse

Une petite fille a enfilé un certain nombre (x) de perles sur une aiguille. Elle en retire 9 et il lui en reste 5.

Combien avait-elle de perles au départ ?
Schématisons le problème par un dessin :

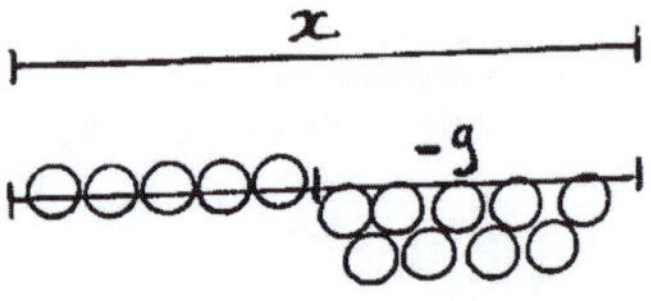

La petite fille a donc plus de 9 perles initialement (puisqu'en retirant 9 perles, il lui en reste). On peut dire qu'elle avait initialement ce qu'elle a retiré et ce qui lui reste, donc 14 perles.
Écrivons l'équation correspondante à la situation :
$x - 9 = 5$ donc $x = 5 + 9$.
$x = 14$.

Si l'équation est du type $x - a = b$, la solution est $x = a + b$.

III - Équation du premier degré

Analyse

2 stylos coûtent 15,24 €, quel est le prix d'un stylo ?
a représente le nombre de stylo.
b représente la somme payée.
x représente le prix du stylo.

L'équation correspondante s'écrira :

➔ $2 \times x = 15,24$
$x =$ prix d'un stylo est égal à $15,24 \div 2 = 7,62$ €.
Le prix d'un stylo est donc $7,62$ €.

De façon générale, si on cherche un nombre x dont le produit avec a (non nul) est égal à un nombre b alors x est le quotient $\frac{b}{a}$.

On écrit : $a \times x = b$, alors $x = \frac{b}{a}$.

Exemple

Si $2 \times x = 10$ alors $x = \frac{10}{2} = 5$.

EXERCICE 53

Niveau ★

Remplacez les points par les chiffres qui conviennent :

$$\begin{array}{r} 1\,4\,2 \\ +\ \cdot\,\cdot\,\cdot \\ \hline 3\,2\,5 \end{array} \qquad \begin{array}{r} 7\,2\,5 \\ +\ \cdot\,\cdot\,\cdot \\ \hline 9\,0\,4 \end{array} \qquad \begin{array}{r} 4\,9\,8 \\ +\ \cdot\,\cdot\,\cdot \\ \hline 8\,6\,5 \end{array}$$

$$\begin{array}{r} \cdot\,\cdot\,\cdot \\ +\ 1\,4\,7 \\ \hline 2\,2\,9 \end{array} \qquad \begin{array}{r} \cdot\,\cdot\,\cdot \\ +\ 4\,7\,6 \\ \hline 8\,9\,6 \end{array} \qquad \begin{array}{r} 7\,2\,5 \\ -\ \cdot\,\cdot\,\cdot \\ \hline 3\,0\,1 \end{array}$$

$$\begin{array}{r} 4\,9\,8 \\ -\ \cdot\,\cdot\,\cdot \\ \hline 1\,7\,9 \end{array} \qquad \begin{array}{r} \cdot\,\cdot\,\cdot \\ -\ 4\,7\,6 \\ \hline 4\,1\,3 \end{array} \qquad \begin{array}{r} \cdot\,\cdot\,\cdot\,\cdot \\ -\ 6\,4\,2 \\ \hline 9\,8\,9 \end{array}$$

EXERCICE 54

Niveau ★

Écrivez sur une feuille ou dans votre cahier

Résolvez les équations suivantes :

$x+3=5$

$x+\frac{3}{100}=\frac{29}{100}$

$x-3=7$

$x-\frac{11}{1000}=\frac{431}{1000}$

$x+7=12$

$x+\frac{9}{10}=\frac{17}{10}$

$x-4=9$

$x-\frac{5}{2}=\frac{7}{2}$

$x+2{,}9=3{,}4$

$x+\frac{1}{4}=\frac{3}{4}$

$x-5{,}2=10$

$x-\frac{3}{7}=\frac{2}{7}$

$x+4{,}2=5{,}6$

EXERCICE 55

Niveau ★★

- Paul avait 25 billes. Au cours des différentes parties il en perd 12.

Combien lui en reste-t-il ?

On commencera par schématiser le problème puis on écrira et on résoudra l'équation correspondante.

- Olivier pense à un nombre. On lui ajoute 5 et le résultat est 19.

Quel est ce nombre ?

EXERCICE 56

Niveau ★★

Complétez les égalités suivantes :

- $5\times$ ______ $=25$
- ______ $\times 56=784$
- $15\times$ ______ $=225$
- ______ $\times 29=2784$

EXERCICE 57

Niveau ★★

Calculez les valeurs de x convenables dans les égalités suivantes :

Lorsqu'il n'y a pas de signe ×entre les nombres et x , il est sous-entendu :
$15x$ équivaut à $15\times x$.

- $2\times x=18$

______

- $15x=90$

______

$7\times x=21$

______

- $4x=96$

______

- $21x=42$

______

- $11x=121$

______

LEÇON 2 Les partages

I - Pourcentage

Dans les magasins, nous voyons souvent les termes rabais, remise, soldes suivis de l'écriture -10%, -20%, etc.

Analyse

Que signifie l'écriture 10% du prix d'un objet ?
Pour prendre 10% (se lit *10 pour cent*) de 50 €, il faut multiplier 50 par $\frac{10}{100}$.

Ce qui donne le résultat suivant : $\frac{50 \times 10}{100} = 5$.

➔ On remarque que prendre les 10% de a c'est diviser a par 10.

Prendre 25% de a, c'est multiplier a par $\frac{25}{100} = 0,25$, ou diviser par 4. ($\frac{25}{100} = \frac{1}{4}$).

Prendre 50% de a, c'est diviser a par 2.

➔ En effet l'écriture $a\%$ signifie $\frac{a}{100}$ donc $25\% = \frac{25}{100} = \frac{1}{4}$.

50% de a signifie $\frac{50}{100}$ de a donc $\frac{1}{2} \times a$.

Analyse

Que signifie un bon de commande mentionnant 15% de remise sur le montant de la commande ?

Si le montant des objets commandés s'élève à 91 € et que nous avons 15% de remise, cela signifie que le prix à payer sera 91 € diminué des 15% de 91 €, soit :

$\frac{91 \times 15}{100} = 13,65$ € de remise.

➔ Le prix à payer sera $91 - 13,65 = 77,35$ €

Vous pouvez être amené(e) à représenter un pourcentage de manière graphique

Nous avons déjà vu quelques valeurs équivalentes à des taux de pourcentage tels que :

$10\% = \frac{1}{10}$ $\quad 25\% = \frac{1}{4}$ $\quad 50\% = \frac{1}{2}$ $\quad 75\% = \frac{3}{4}$ $\quad 20\% = \frac{1}{5}$.

Pour ces pourcentages, il suffit de partager les surfaces en 10, 4, 2, 5 parties égales et d'en colorier une sauf pour 75% où il faut en colorier 3.

$75\% = \frac{3}{4}$

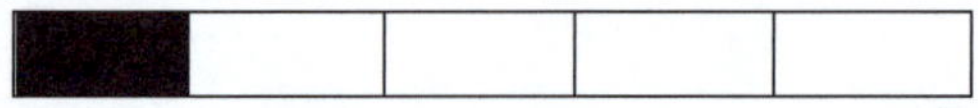

$20\% = \frac{1}{5}$

II - Proportionnalité

Il faut savoir reconnaître une situation de proportionnalité.
On la reconnaît par le contexte.

Par exemple, dans une recette de cuisine, les proportions des ingrédients sont indiquées pour un nombre donné de personnes, proportionnalité sur le prix d'une substance au kg.

Analyse

À la station-service, le prix du litre de super sans plomb 95 est affiché à $1,25$ €.
Nous pouvons établir le tableau suivant qui indique le prix payé en fonction du nombre de litres achetés.

Nombre de litres	1	2	3	5	10	15	20	30
Prix payé (€)	1,25	2,5	3,75	6,25	12,5	18,75	37,5	37,5

$\times 1,25$

Tous les termes de la seconde ligne s'obtiennent en multipliant les termes correspondants de la première ligne par un même nombre, ici $1,25$.

- On dit que les termes de la seconde ligne sont **proportionnels** aux termes de la première ligne et que le tableau obtenu est un **tableau de proportionnalité**.

- On dit encore que les nombres 1 ; 2 ; 3 ; 5 ; 10 ; 15 ; 20 ; 30 et $1,25$; $2,5$; $3,75$; $6,25$; $12,5$; $18,75$; 25 ; $37,5$ sont proportionnels ou que **le prix payé est proportionnel au nombre de litres achetés**.

- $1,25$ est appelé **coefficient de proportionnalité**.

EXERCICE 58

Niveau ★

La production mondiale d'acier en 1995 s'élevait à 1 256 millions de tonnes.
Complétez le tableau suivant :

	États-Unis	Russie	France	Allemagne	Royaume-Uni	Japon
Pourcentage	19%	20%	7%	3,8%	4%	15,5%
Quantités produites en millions de tonnes						

EXERCICE 59

Niveau ★★

Écrivez sur une feuille ou dans votre cahier

Dans un concours national, il y a 4 000 candidats. Parmi eux 8,6% sont reçus définitivement et 7,5% sont admis à passer un oral de rattrapage. Parmi ces derniers 14% sont reçus.

1. **Calculer le nombre de candidats reçus à la 1re session et après l'oral de rattrapage.**
2. **Calculer le pourcentage total de reçus.**

4e période

EXERCICE 60

Niveau ★★

Un ouvrier gagne 19 € de l'heure pour effectuer un travail.
Complétez le tableau suivant :

Durée en heures	3		2		
Coût de la main-d'œuvre		95		133	266

EXERCICE 61

Niveau ★

La superficie des terres émergées du globe est d'environ 150 millions de kilomètres carrés. L'Europe occupe 6,9% des terres émergées.
Quelle est la superficie de l'Europe ?

LEÇON 3
La symétrie axiale

I - Symétrie orthogonale sur quadrillage

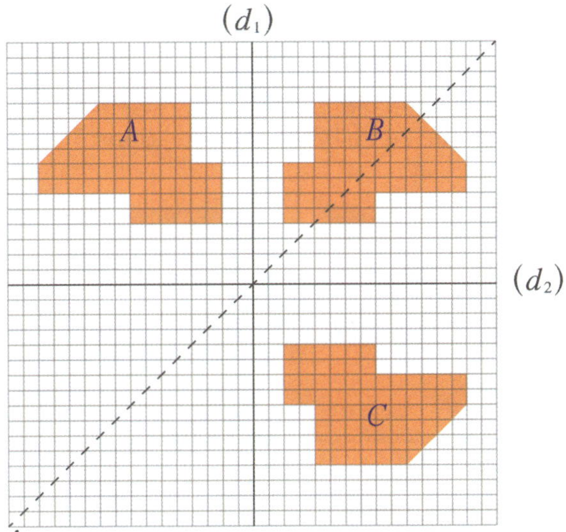

4e période

Analyse

Les figures A et B semblent se regarder comme dans un miroir.

- Si l'on plie la feuille selon la droite (d_1) les figures A et B se superposent.

➔ On dit qu'elles sont symétriques par rapport à la droite d_1.

- Si l'on plie la feuille selon la droite (d_2) les figures C et B se superposent

➔ On dit que les figures B et C qui sont symétriques par rapport à la droite d_2.

Cependant, les figures A et C ne sont pas symétriques par rapport à la droite diagonale en pointillé. On peut vérifier par pliage.

➔ On dit aussi que :
- (d_1) est un axe de symétrie pour la figure composée des figures A et B.
- (d_2) est un axe de symétrie pour la figure composée des figures C et B.

II - Symétrie orthogonale sans quadrillage

Analyse

Le point A appartient à l'axe de symétrie (d)

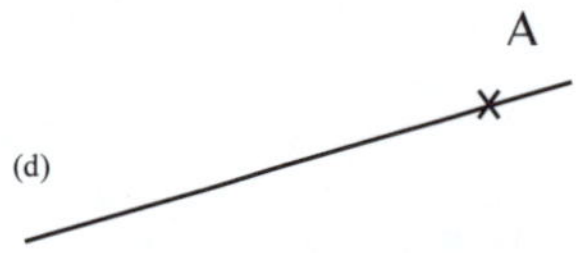

Dans ce cas le symétrique de A par rapport à (d) est le point A lui-même.

Le point A n'appartient pas à la droite (d)

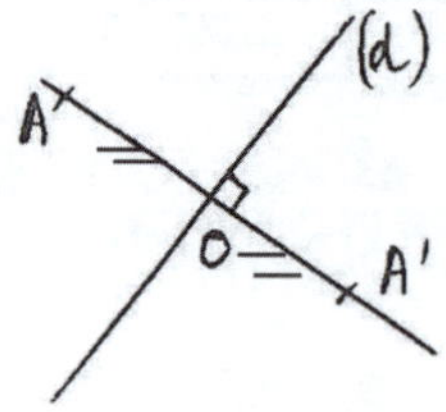

Pour construire le point A' symétrique de A par rapport à (d), il faut tracer la perpendiculaire à (d) passant par A et reporter sur celle-ci la distance de A au pied de la perpendiculaire de l'autre côté de (d).
O est milieu de $[AA']$.

Si l'on plie selon (d), les segments $[OA]$ et $[OA']$ se superposent (d) est un axe de symétrie pour la figure composée de $[OA]$ et $[OA']$ donc du segment $[AA']$.

III - Médiatrice d'un segment

La médiatrice d'un segment est la droite passant par le milieu du segment et perpendiculaire à ce segment.

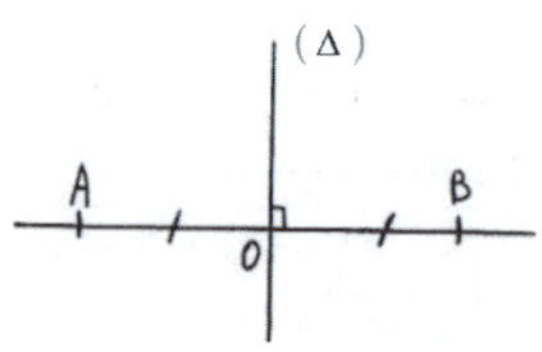

(Δ) est la médiatrice de $[AB]$
O est le milieu de $[AB]$

La **médiatrice du segment** $[AB]$ est un axe de symétrie pour le segment $[AB]$.

IV - Symétrique des figures usuelles par rapport à une droite

- **Le symétrique d'un segment par rapport à une droite sera un segment de même longueur.**
- **Le symétrique d'une droite par rapport à une droite est une droite.**
- **Le symétrique d'un cercle par rapport à une droite est un cercle de même rayon.**

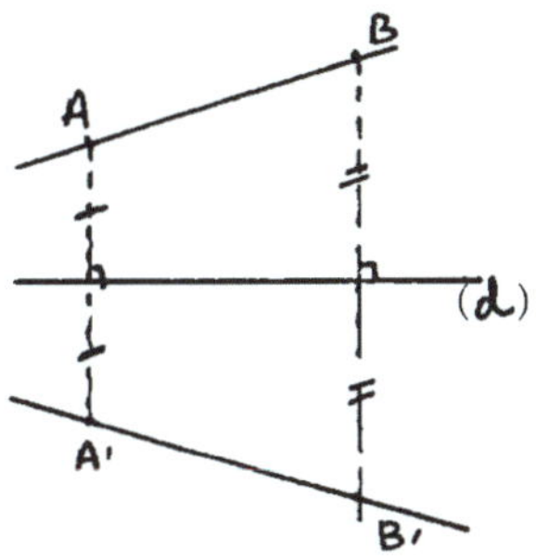

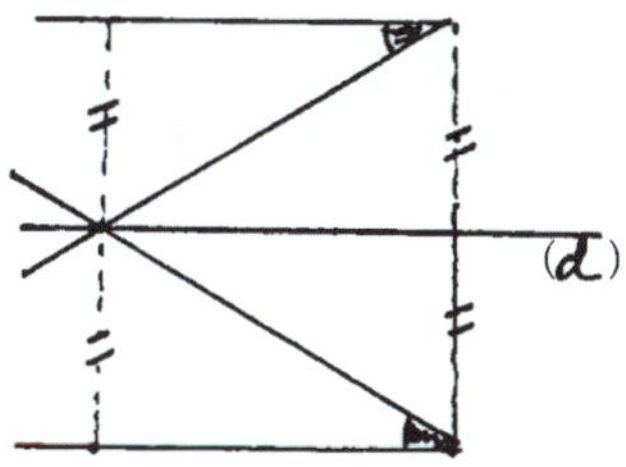

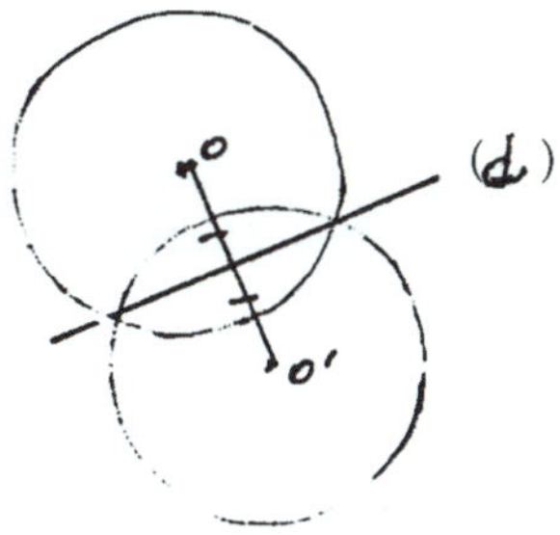

D'après les définitions énoncées dans le paragraphe précédent :

La symétrie orthogonale conserve les distances, les mesures des angles, le parallélisme.
La symétrie orthogonale ne conserve pas les directions (excepté si la droite est parallèle à l'axe de symétrie).

V - Construction de la médiatrice d'un segment

Analyse

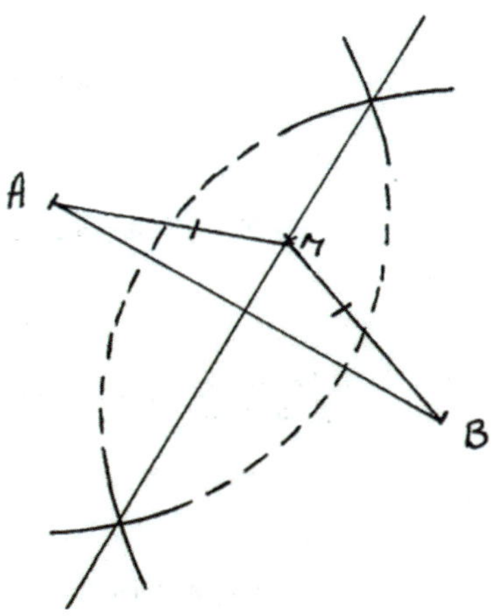

Nous avons vu que la médiatrice d'un segment est la droite qui coupe le segment perpendiculairement en son milieu .
Nous pouvons donc utiliser la règle graduée et l'équerre pour cette construction mais cette méthode n'est pas précise.
C'est pourquoi nous allons voir comment utiliser le compas pour **tracer la médiatrice d'un segment**.

- Prenons un écartement de compas supérieur approximativement à la moitié du segment et traçons deux arcs de cercle à l'un de centre A, l'autre de centre B et de même rayon.

➔ Ces arcs de cercle se coupent en un point qui appartient à la médiatrice de $[AB]$.

- Marquons un point M sur la médiatrice de $[AB]$.
- Mesurons les distances MA et MB, nous remarquons que $MA = MB$ et que le triangle AMB est isocèle.

➔ Le point M est donc à égale distance de A et B.

- **Si un point M est sur la médiatrice d'un segment, alors il est équidistant des extrémités de ce segment.**
- **Si un point M est à égale distance des extrémités d'un segment, alors il appartient à la médiatrice de ce segment.**

Remarque Ces propriétés se déduisent du fait que la médiatrice d'un segment est un axe de symétrie de ce segment et des propriétés de la symétrie par rapport à une droite.

VI - Axes de symétrie de figures usuelles

1. Le carré

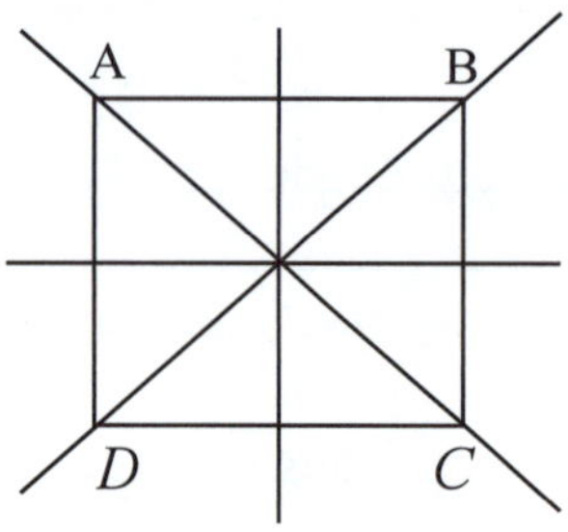

Le carré $ABCD$ possède **quatre axes de symétrie** : les médiatrices des côtés ainsi que les diagonales (AC) et (BD).

2. Le rectangle

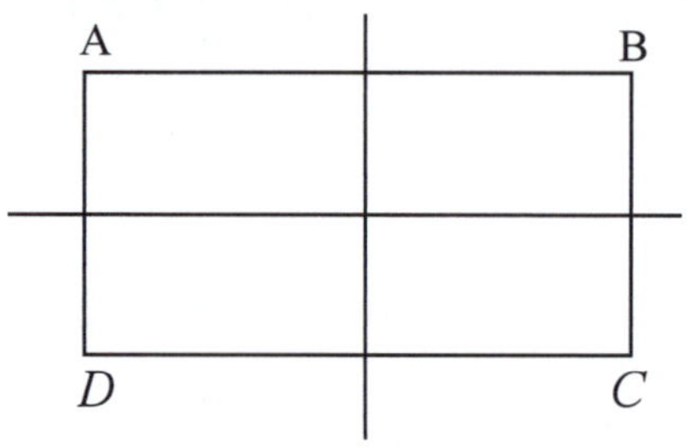

Le rectangle $ABCD$ possède **deux axes de symétrie** : les médiatrices de la longueur et de la largeur.

3. Autre figure couramment utilisée : le *cerf volant*

Nous appelons un *cerf-volant* un quadrilatère qui a une de ses diagonales pour axe de symétrie.

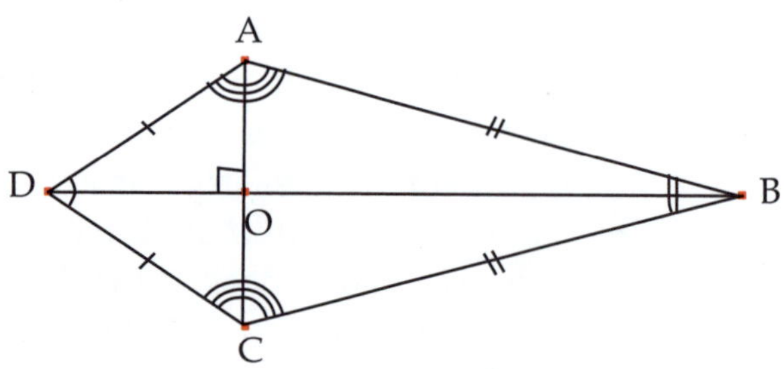

Un cerf-volant a :
- **une de ses diagonales pour axe de symétrie**
- ses **diagonales perpendiculaires**
- deux **angles opposés** seulement de **même mesure**

4. Le triangle équilatéral

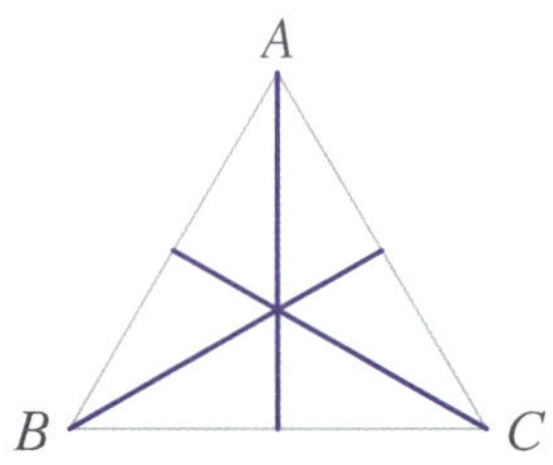

Le triangle équilatéral ABC ayant trois côtés égaux, a ses trois angles égaux donc a **trois axes de symétrie** : les droites qui sont **à la fois** médiatrices, bissectrices.

5. Le triangle isocèle

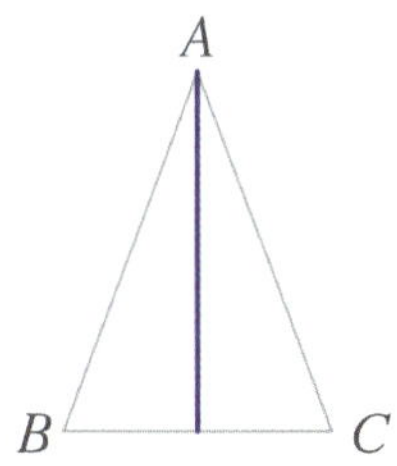

Le triangle isocèle quant à lui ne possède qu'**un seul axe de symétrie** :
la droite issue du sommet principal qui est **à la fois** médiatrice, bissectrice.

EXERCICE 62 — Niveau ★

En utilisant les carreaux de votre feuille ou du papier millimétré, tracez le symétrique d'un triangle rectangle de 5 carreaux sur 2 carreaux par rapport à une droite (d) que vous tracerez à l'extérieur du triangle.

Écrivez sur une feuille ou dans votre cahier

EXERCICE 63 — Niveau ★

Avec un jeu de cartes, donnez 3 cartes possédant un ou plusieurs axes de symétrie.

EXERCICE 64 — Niveau ★★

Construisez un triangle TRS isocèle en T tel que $TS = TR = 3$ cm et d'angle au sommet $45°$. Construisez son symétrique par rapport à une droite (d) parallèle à (RS) et situé à 1 cm de celle-ci à l'extérieur du triangle TRS. Vérifiez les propriétés de la symétrie.

EXERCICE 65 — Niveau ★★

Tracez un triangle isocèle ABC, isocèle en B et son symétrique par rapport à (AC), qu'observe-t-on ? Quel nom donnez-vous à cette figure ?

EXERCICE 66 — Niveau ★★★

Tracez un cercle C de centre O. Soit une droite (d) coupant C, construire C' le symétrique de C de centre O' par rapport à (d).

1. Que représente (d) pour le segment $[OO']$?
2. C et C' se coupent en A et B, quelle est la nature du quadrilatère $AOBO'$?

4e période

LEÇON 4

Les statistiques

I - Tableaux et courbes

Analyse

Savoir lire un tableau

Voici un tableau indicatif des horaires de train reliant Paris aux Sables d'Olonne, avec un changement à Nantes.

	I	II	III
Paris	D 7h08	D 8h55	D 10h57
Nantes	A 9h10 D 9h15	A 10h57 D 11h10	A 13h03 D 13h20
Les Sables d'Olonne	A 10h40	A 12h55	A 15h01

Cherchons le temps passé dans le train pour chacun de ces horaires :

- Pour l'horaire I :

$$\begin{array}{r} 9\text{ h }10 \\ -\ 7\text{ h }08 \\ \hline 2\text{ h }02 \end{array} \qquad \begin{array}{r} 10\text{ h }40 \\ -\ 9\text{ h }15 \\ \hline 1\text{ h }25 \end{array}$$

(La durée du parcours est la différence entre l'heure d'arrivée et celle du départ)

$2\text{ h }02 + 1\text{ h }25 = 3\text{ h }27\text{ min}$

➔ Le temps est de 3 h 27 min pour l'horaire I.

- Pour l'horaire II :

$$\begin{array}{r} 10\text{ h }57 \\ -\ 8\text{ h }55 \\ \hline 2\text{ h }02 \end{array} \qquad \begin{array}{r} 12\text{ h }55 \\ -\ 11\text{ h }10 \\ \hline 1\text{ h }45 \end{array}$$

$2\text{ h }02 + 1\text{ h }45 = 3\text{ h }47\text{ min}$

➔ Le temps est de 3 h 47 min pour l'horaire II.

- Pour l'horaire III :

$$\begin{array}{r} 13\text{ h }03 \\ -\ 10\text{ h }57 \\ \hline 2\text{ h }06 \end{array} \qquad \begin{array}{r} 15\text{ h }01 \\ -\ 13\text{ h }20 \\ \hline 1\text{ h }41 \end{array}$$

$2\text{ h }06 + 1\text{ h }41 = 3\text{ h }47\text{ min}$

➔ Le temps passé dans le train est de 3 h 47 min pour l'horaire III.

Analyse

Savoir construire une courbe à partir d'un tableau

Voici les températures relevées durant une semaine dans une même ville à 12 h 00.

Jours	1 Lun.	2 Mar.	3 Mer.	4 Jeu.	5 Ven.	6 Sam.	7 Dim.
Température en degrés	12	14	11	9	12	15	16

Nous allons représenter graphiquement ce tableau.

- On trace deux axes perpendiculaires.
- On gradue chaque axe en choisissant une échelle. Ici, on peut mettre un jour de la semaine (repéré par sa place dans la semaine), tous les centimètres sur l'axe horizontal et sur l'axe vertical *degrés*.
- Ensuite, on place les points qui représentent les couples du tableau de l'énoncé. Exemple : $(1, 12)$ représentera la température de 12 pour le premier jour de la semaine.
- Finalement, on joint tous les points par une courbe.

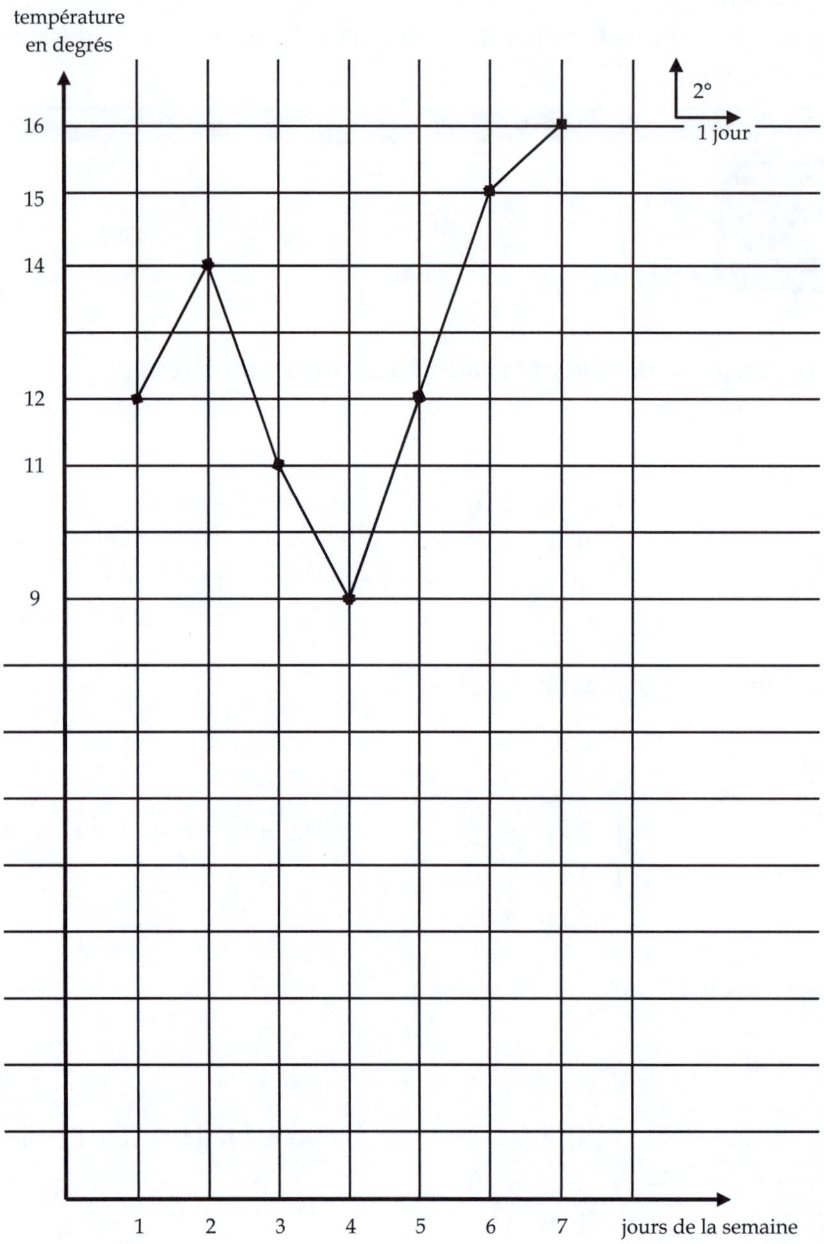

Analyse

Tableaux de proportionnalité et graphiques

On considère le tableau suivant qui indique la consommation d'essence d'un véhicule en fonction du nombre de kilomètres parcourus.

Distance parcourue en km : x	100	200	250	300	350	400
Consommation d'essence en litres : y	8	16	20	24	28	32

$\frac{8}{100} = \frac{16}{200} = \frac{20}{250} = \frac{24}{300} = \frac{28}{350} = \frac{32}{400}$ on peut en déduire que :

➔ En multipliant successivement chacun des nombres de la ligne 1 par $\frac{8}{100}$, nous obtenons les nombres qui lui correspondent dans la ligne donc ce tableau est un tableau de proportionnalité.

Nous allons représenter graphiquement la consommation en fonction de la distance parcourue dans ce tableau en prenant pour unités :

- sur l'axe horizontal (en abscisse) : 1 cm pour 100 km,
- sur l'axe vertical (en ordonnée) : 2 cm pour 10 l.

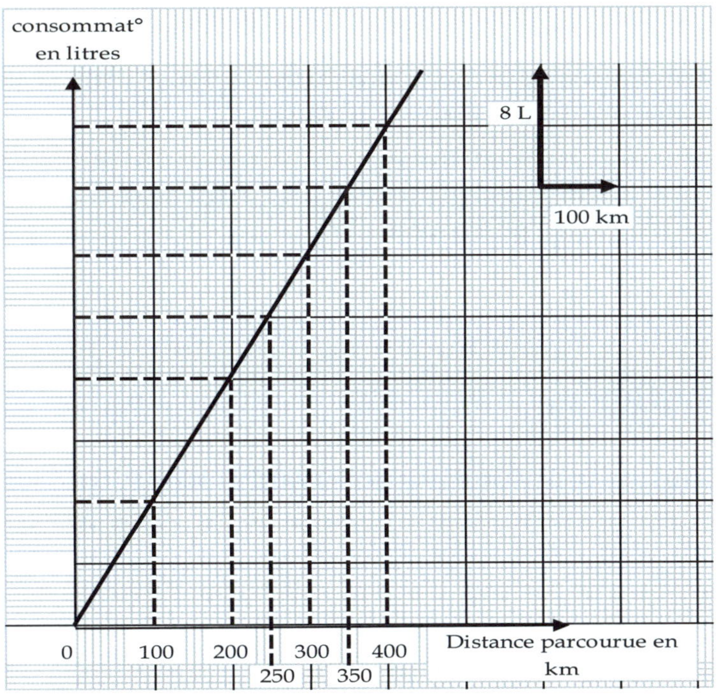

➔ En reliant tous les points de coordonnées $(x;y)$ où x est une distance parcourue et y la consommation qui lui correspond, nous constatons qu'ils sont tous alignés avec l'origine du repère.

Si deux grandeurs sont proportionnelles alors la représentation graphique, représentant une grandeur en fonction de l'autre est un ensemble de points alignés avec l'origine du repère.

4e période

Réciproque

Analyse

Réciproquement, voici une représentation graphique dont nous allons dresser le tableau :

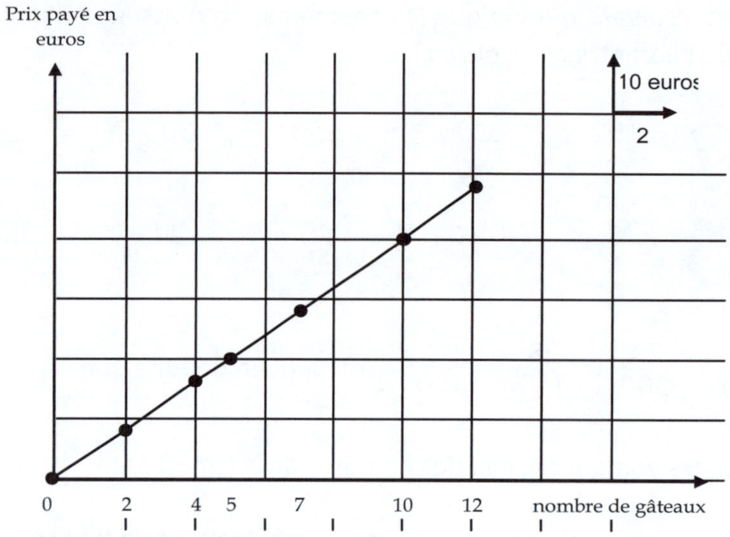

Nous pouvons dresser le tableau correspondant à cette représentation graphique.

Nombre de gâteaux	2	4	5	7	10	12
Prix payé en €	8	16	20	28	40	48

Nous constatons que l'on obtient tous les nombres de la deuxième ligne en multipliant leur nombre correspondant dans la première ligne par 4.
Il suffit de multiplier le nombre de gâteaux par 4 pour obtenir leur prix.

➔ Donc, ce tableau est un tableau de proportionnalité dont un coefficient de proportionnalité est 4 (c'est le prix unitaire c'est à dire le prix d'un gâteau).

Si les points d'une représentation graphique sont alignés avec l'origine du repère, alors on a représenté un tableau de proportionnalité.

II - Relevés statistiques

Dans une classe de 20 élèves, on a relevé le poids de chacun d'entre eux. Voici les poids relevés : 36 kg, 38 kg, 42 kg, 40 kg, 38 kg, 40 kg, 40 kg, 38 kg, 36 kg, 38 kg, 38 kg, 40 kg, 42 kg, 40 kg, 40 kg, 39 kg, 38 kg, 38 kg, 36 kg, 39 kg
On récapitule ces données dans un tableau. On compte le nombre d'élèves qui ont le même poids.

Poids (en kg) (valeur relevée)	36	38	39	40	42
Nombre d'élèves (ou effectif)	3	7	2	6	2

1. Diagramme en bâtons

Nous pouvons représenter l'exemple précédent par un **diagramme en bâtons**. Pour cela, nous traçons deux demi-droites perpendiculaires d'origine O.

Sur l'axe horizontal, on place le poids des élèves et à partir de chacun de ces points, on trace un segment dont la longueur est proportionnelle au nombre d'élèves ayant ce poids.

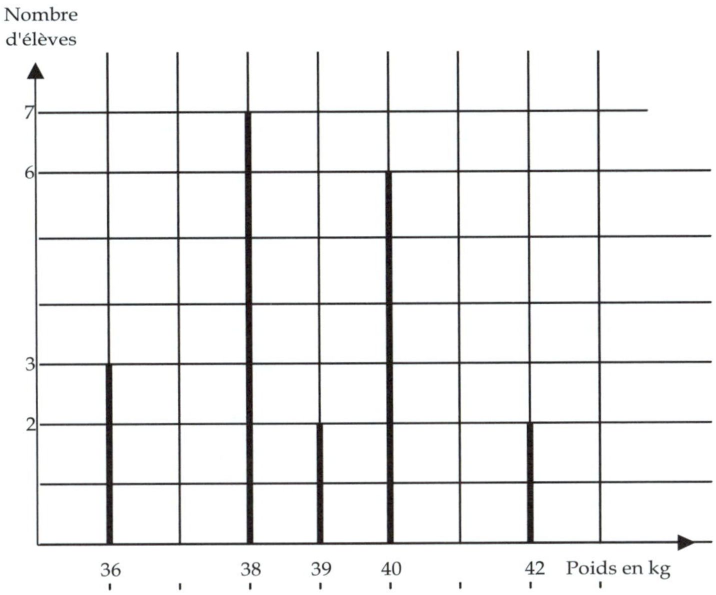

Remarque De façon générale, on note l'effectif en ordonnée et en abscisse les valeurs relevées.

4e période

2. Histogramme

Dans cet exemple, on a regroupé les enfants selon leur activité sportive pratiquée. On récapitule ces résultats dans le tableau suivant :

Sport pratiqué	Nombre d'enfants
Football	10
Volley	8
Natation	5
Équitation	6

On peut représenter ce tableau par un diagramme en bâtons ou par un diagramme circulaire. Mais on peut aussi le représenter par un **histogramme**.

Les valeurs relevées ici sont les *sports pratiqués* et le *nombre d'enfants* correspondant à chaque valeur relevée est l'effectif de cette valeur.

Analyse

- On trace deux axes perpendiculaires.
- On inscrit les légendes : sport pratiqué en abscisse (valeur en abscisse), nombre d'enfants en ordonnée (effectif en ordonnée)
- On gradue régulièrement l'axe des abscisses et on marque les activités pratiquées. En ordonnées, on note le nombre d'enfants correspondant à chaque activité pratiquée.
- On trace ensuite les rectangles qui ont pour largeur l'activité pratiquée et pour longueur le nombre d'enfants qui la pratiquent.

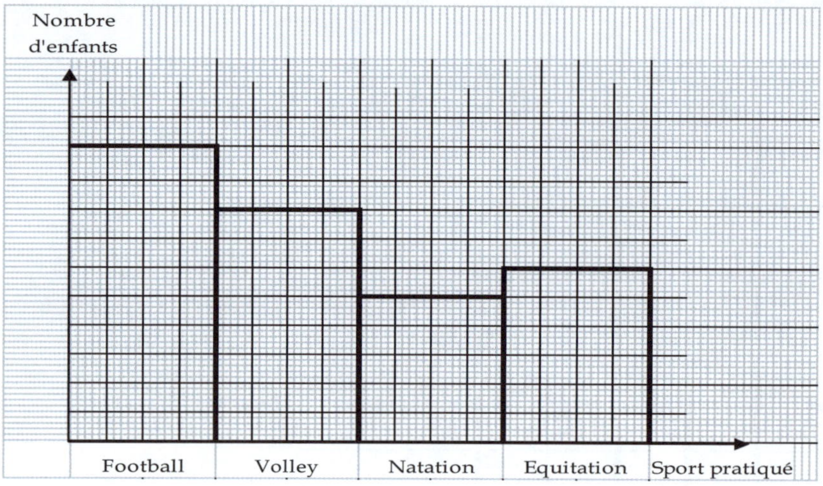

III - Volume

1. Volume du pavé droit ou parallélépipède rectangle

Le volume $\mathcal{V}$ du pavé droit est égal au produit de la surface de la base par sa hauteur.
$\mathcal{V} = L \times l \times h$ (L, l, h doivent être exprimées dans la même unité)

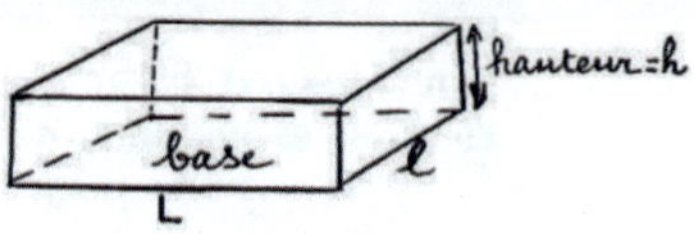

Cas particulier

Cube d'arête a : $\mathcal{V} = a \times a \times a = a^3$ se lit *a au cube*

Un mètre cube (m^3) est le volume d'un cube de 1 mètre d'arête.

2. Unités de volumes usuelles

L'unité principale est le m³. Elle est divisée en sous-multiples : dm³, cm³, mm³.
Il existe aussi des multiples du m³ : dam³, hm³, km³.

Tableau récapitulatif :

km³	hm³	dam³	m³	dm³	cm³	mm³
			1 2	0 0 0		
		0,	0 1 2			
				l	dl cl ml	

➔ Pour passer de l'unité de volume à l'unité immédiatement inférieure, on multiplie par 1000 ce qui explique qu'il y a trois colonnes par unité.

➔

Chaque colonne doit comporter un chiffre.

Exemple

12 m³ $= 12000$ dm³
12 m³ $= 0,012$ dam³

Il existe des unités dites de capacité (pour mesurer la contenance), l'**unité principale est le litre** (l). Il comporte des multiples et des sous-multiples d'unité immédiatement supérieure ou inférieure et 10 fois plus grande ou plus petite que l'unité de référence :
kL ; hL; daL ; l ; dL ; cL ; mL
1 L $= 10$ dL$= 0,1$ daL
1 L$= 100$ cL$= 0,001$ kL

Remarque Il existe une correspondance entre les unités de volume et de capacité.
1 L $= 1$ dm³ 1 cL $= 10$ cm³
1 m³ $= 1000$ L 1 mL$= 1$ cm³

IV - Les échelles

Les cartes routières de France sont souvent au $1/1\,000\,000^e$, c'est-à-dire que 1 cm sur la carte représente un million de cm sur le terrain soit $10\,000$ mètres ou encore 10 Km.

Il existe des cartes plus précises au $1/250^e$, $1/10000^e$.

- $1/250^e$ est très précis car 1 cm sur la carte représente 250 cm sur le terrain, soit 2 m 50 ce qui correspond à l'échelle des plans d'architecte.
- $1/10000^e$ correspond à une carte où 1 cm représente 100 m.

Sur certaines cartes l'échelle est donnée par un schéma du type suivant :

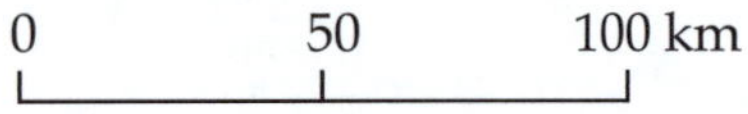

Ce qui veut dire que 4 cm sur la carte équivaut à 100 km sur le terrain.
Soit une échelle de 1 cm pour 25 km soit 1 cm pour 2500000 cm, ce qui donne une échelle de $1/2500000^e$.

On a l'égalité échelle $= \dfrac{\text{dimension sur le plan}}{\text{dimension réelle}}$ où la dimension sur le plan et la dimension réelle sont exprimées dans la même unité.

EXERCICE 67

Niveau ★

Écrivez sur une feuille ou dans votre cahier

Voici la représentation graphique représentant la distance parcourue par un automobiliste en fonction du temps écoulé depuis son départ.

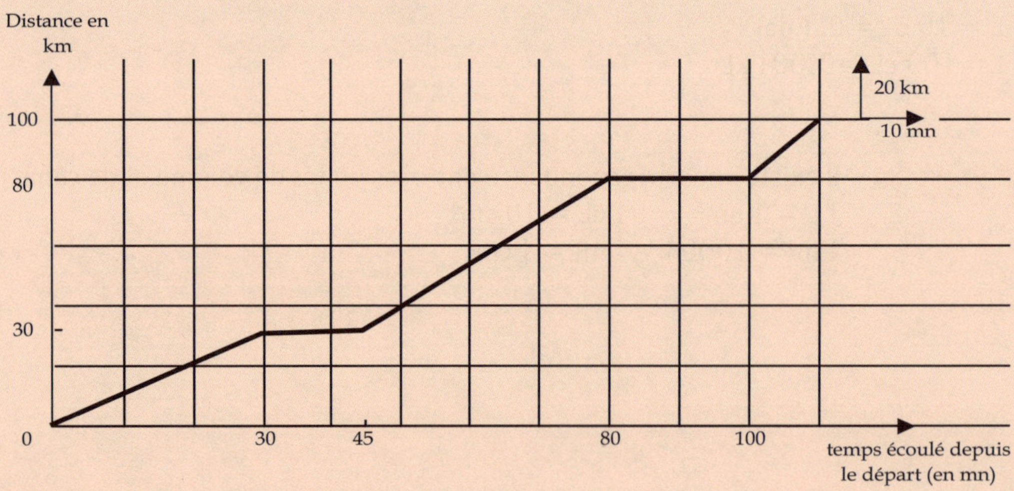

Combien de fois l'automobiliste s'est-il arrêté et quelle est la durée de chaque arrêt ?

EXERCICE 68

Niveau ★★

Un commerçant vend des chocolats en appliquant le tarif suivant :

Masse en g.	250	500	750	1 000
Prix en €	9	18	27	36

Représentez graphiquement le prix des chocolats en fonction de la masse des chocolats.

- Pour les masses, prendre 1 cm pour 100 g.
- Pour les prix, prendre 1 cm pour 5 €.

Le prix des chocolats est-il proportionnel à leur masse ? Justifiez.

EXERCICE 69

Niveau ★

D'après la présentation graphique suivante, faites un tableau donnant la distance parcourue en fonction de la durée du parcours.
Est-ce un tableau de proportionnalité ? Si oui, donnez le coefficient de proportionnalité.

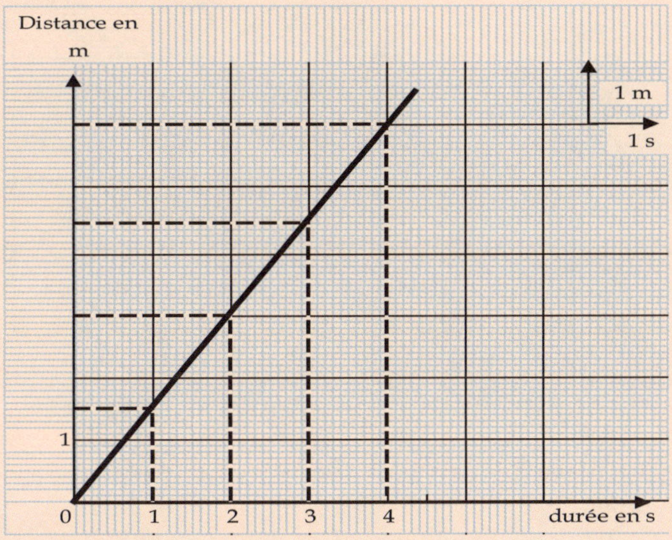

EXERCICE 70

Niveau ★

Le tableau suivant donne la répartition des élèves d'une classe suivant leur âge.

Âge	13	14	15	16
Nombre d'élèves	3	16	6	2

1. **Quel est le nombre d'élèves de cette classe ?**
2. **Faites un histogramme représentant la répartition des élèves suivant leur âge.**

EXERCICE 71

Niveau ★

Voici les notes obtenues par 24 élèves d'une classe lors du dernier devoir de mathématiques : 04 ; 07 ; 12 ; 04 ; 10 ; 08 ; 12 ; 14 ; 09 ; 18 ; 15 ; 15 ; 12 ; 04 ; 09 ; 12 ; 15 ; 19 ; 08 ; 12 ; 14 ; 18 ; 15 ; 18

1. **Faites un tableau représentant ces données : on exprimera le nombre d'élèves en fonction de la note.**
2. **Faites un diagramme en bâtons représentant ce tableau.**

EXERCICE 72

Niveau ★

Voici un diagramme en bâton représentant la consommation annuelle de chocolat par habitant dans quelques pays. F représente la France, B la Belgique, GB la Grande Bretagne, I l'Italie et E l'Espagne.

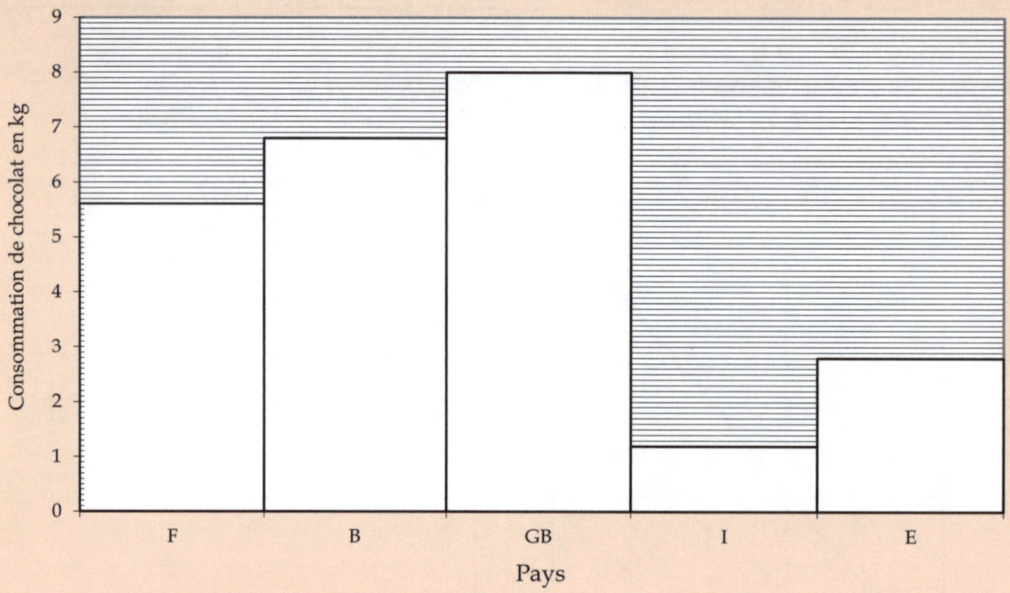

Donnez le tableau statistique du relevé des consommations en fonction des pays correspondant à cet histogramme

EXERCICE 73

Niveau ★

On considère le tableau suivant donnant la quantité de fromage consommée par personne en France certaines années.

Années	1969	1979	1985	1989
Quantité de fromage en kg	40	56	68	80

Faites un diagramme en bâtons représentant la quantité de fromage consommée suivant les années. En ordonnées, on prendra pour unité : 1 mm représentera 2 kg de fromage.

EXERCICE 74

Niveau ★

Convertissez en cm^3 :

- 10,5 dm^3
- 38 000 mm^3
- 0,083 m^3
- 3 250 cl
- 1,4 l
- $\frac{1}{2}$ litre

EXERCICE 75

Niveau ★★

Une éprouvette graduée contient 50 ml d'eau, on veut mesurer le volume d'un morceau de gomme. Pour cela, on plonge la gomme dans l'éprouvette et on lit 75 ml.
Quel est le volume en cm^3 de la gomme ?

EXERCICE 76

Niveau ★★

Calculez le volume d'un pavé droit de 4 cm de hauteur, 2 cm de longueur et 1 cm de largeur. Représentez-le en perspective.

EXERCICE 77

Niveau ★★

Pour une échelle de 1:50 000, complétez le tableau suivant :

Distance sur la carte	Distance réelle en cm	Distance en km
3 cm		
		30 km
	750 000 cm	

EXERCICE 78

Niveau ★

On construit une piscine de 20 m de long, 10 m de large et 150 cm de profondeur. L'eau arrive à 20 cm du bord.

1. **Quel est le volume total de la piscine ?**
2. **Quel est en litres le volume d'eau contenu dans la piscine ?**

4e période

EXERCICE 79

Niveau ★★★

Calculez A, B, C (en cm^3) et D (en l) :

- $A = 3,745 \text{ dm}^3 + 43 \text{ cm}^3 + 2435 \text{ mm}^3 =$ ______ cm^3
- $B = 537 \text{ dm}^3 - 488 \text{ mm}^3 =$ ______ cm^3
- $C = 2,75 \text{ m}^3 + 545 \text{ dm}^3 + 25247 \text{ mm}^3 =$ ______ cm^3
- $D = 42,55 \text{ hl} - 2465 \text{ ml} =$ ______ litres

EXERCICE 80

Niveau ★★★

Les organisateurs d'une course cycliste ont mesuré la longueur du parcours sur une carte au $1{:}80\ 000$. Ils ont obtenu $18,7$ cm.

Quelle sera la distance parcourue par les coureurs sachant qu'ils font 10 tours de circuit ?

EXERCICE 81

Niveau ★★★

Je veux représenter le plan de ma chambre qui mesure $2,80 \times 3,75$ m sur une feuille de papier de format 20×30 cm.

Quelle échelle devrais-je choisir pour que mon plan soit le plus grand possible ?

4e période

FICHE DE SYNTHÈSE 4e PÉRIODE

CE QU'IL FAUT RETENIR

Équation du type $ax = b$

Si on cherche un nombre x dont le produit avec a (non nul) est égal à un nombre b, alors x est le quotient de b par a.

On écrit : si $a \times x = b$ alors $x = \frac{b}{a}$

Autres types d'équation

- Si l'équation est du type $x - a = b$ alors la solution est $x = b + a$
- Si l'équation est du type $x + a = b$ alors la solution est $x = b - a$

Application au calcul d'un coefficient de proportionnalité

- Dans une situation de proportionnalité, si on cherche le coefficient k tel que, en multipliant par ce nombre k, une valeur a d'une grandeur 1, on obtient la valeur b de la grandeur 2,

  alors $k = \frac{b}{a}$. On peut écrire : si $a \times k = b$ alors $k = \frac{b}{a}$

Pourcentage

Parfois, dans une situation de proportionnalité, le coefficient est exprimé sous la forme d'un pourcentage noté $x\%$:

De façon générale : $x\% = \frac{x}{100}$

$x\%$ de la valeur $a = x\% \times a = \frac{x}{100} \times a = \frac{x \times a}{100}$

Symétrie orthogonale

Médiatrice d'un segment
La médiatrice d'un segment $[AB]$ est la droite qui coupe perpendiculairement ce segment en son milieu.

Symétrique d'un point A par rapport à une droite (d)
- Le symétrique d'un point A par rapport à une droite (d) est le point A' tel que la droite (d) soit la médiatrice du segment $[AA']$.
- Pour construire A', il faut tracer la perpendiculaire à la droite (d) passant par le point A. Cette droite coupe la droite (d) en O puis placer le point A' sur cette perpendiculaire tel que $OA = OA'$

Propriétés
- La symétrie axiale conserve les distances, les angles et l'alignement de points.

CE QU'IL FAUT RETENIR

Construction au compas de la médiatrice d'un segment

Propriété admise qui justifie la construction :

- Si un point M est sur la médiatrice d'un segment, alors il est équidistant des extrémités de ce segment.
- Si un point M est équidistant des extrémités d'un segment, alors il appartient à la médiatrice de ce segment.

Construction de la médiatrice d'un segment $[AB]$

Pour construire la médiatrice d'un segment $[AB]$, il suffit de construire deux points équidistants de A et de B avec le compas, la droite qui passe par ces deux points est la médiatrice de $[AB]$.

Axes de symétrie des figures usuelles

Nom de la figure	Propriété
Cerf-volant	Un axe de symétrie
Rectangle	Deux axes de symétrie : les médiatrices des côtés du rectangle.
Losange	Deux axes de symétrie : les diagonales du losange.
Carré	Quatre axes de symétrie : les médiatrices des côtés et les diagonales du carré.
Triangle isocèle	Un axe de symétrie : la médiatrice de la base du triangle isocèle
Triangle équilatéral	Trois axes de symétrie : les trois médiatrices des côtés du triangle équilatéral.

CE QU'IL FAUT RETENIR

Tableau et courbe

Exemple

Sur l'axe des ordonnées on place les valeurs de G2 (voir tableau).
Sur l'axe des abscisses on place les valeurs de G1.

G1	a	2	6
G2	b	5	1

On veut représenter la grandeur G2 en fonction de la grandeur G1, ce qui signifie qu'à partir de G1 on obtient G2.
La représentation graphique de G2 en fonction de G1, est l'ensemble des points de coordonnées $(a;b)$ du tableau, par exemple le point de coordonnées $(2;5)$ et le point de coordonnées $(6;1)$.

Représentation graphique cas des grandeurs proportionnelles

- Si deux grandeurs sont proportionnelles, alors la représentation graphique représentant une grandeur en fonction de l'autre, est un ensemble de points alignés avec l'origine du repère.
- Si les points d'une représentation graphique sont alignés avec l'origine du repère, alors on a représenté un tableau de proportionnalité.

Représentation en statistiques : diagramme en bâton et histogramme

- De façon générale, on note l'effectif en ordonnée et en abscisse les valeurs relevées. On représente donc l'effectif en fonction des valeurs relevées.

Volume

Unités de volume

Pour passer de l'unité de volume à l'unité immédiatement inférieure, on multiplie par $1\,000$, ce qui explique qu'il y a trois colonnes par unité. Chaque colonne doit comporter un chiffre.
Exemple : 12 m$^3 = 12000$ dm^3

Formules de calcul de volume

- Volume du cube d'arête de longueur a : $\mathcal{V} = a \times a \times a = a^3$
- Volume du pavé : $\mathcal{V} = L \times l \times h$

Échelle

L'échelle est un coefficient de proportionnalité qui permet d'obtenir les dimensions sur le plan en fonction des dimensions réelles.

On a l'égalité : échelle $= \dfrac{\text{dimension sur le plan}}{\text{dimension réelle}}$, où la dimension sur le plan et la dimension réelle sont exprimées dans la même unité.

EXERCICE 82: DÉFI !

Niveau ★★★★

Partie 1

1. Quelle doit être la valeur de x telle que le périmètre du triangle ABC soit égal à 27 cm, avec les longueurs suivantes :

$AB = x$ cm ; $AC = x + 1$ cm ; $BC = x + 5$ cm

2. Tracez le triangle ABC en respectant les longueurs données.
3. Tracez la médiatrice du segment $[AC]$. Cette médiatrice coupe le segment $[AC]$ en un point B'.
4. Tracez la médiatrice du segment $[BC]$.Ces deux médiatrices se coupent en O.
5. Est-il vrai que $OA = OB = OC$? Justifiez votre réponse.
6. Tracez le symétrique du triangle ABC par rapport à la droite (OB'). On notera C' le symétrique de B dans cette symétrie. Quelle est la nature du triangle $BB'C'$? Justifiez.

Partie 2

Le volume d'un cube de $3,5$ dm de longueur d'arête a-t-il un volume plus grand que celui d'un pavé dont les dimensions sont : $5,1$ dm, $0,09$ m et 1120 mm ?

Peuvent-ils contenir chacun 50 litres d'eau ?

Combien de temps faut-il pour les remplir avec un robinet qui a un débit de $0,1$ l/min ?

POUR ALLER PLUS LOIN

L'étude de la résolution d'une équation du premier degré à une inconnue vous permettra de **résoudre par le calcul de difficiles problèmes** comme les âges, la hauteur de liquide dans un récipient, des curiosités comme l'égalité $0,99999 = 1$! En effet soit $a = 0,99999$ et $10a = 9,99999$ alors $10a - a = 9,99999... - 0,99999...$ soit $9a = 9$ d'où $a = 1$! Nous avons démontré que $0,99999 = 1$!

Vous découvrirez la **symétrie centrale** qui se caractérise par la rotation d'un demi-tour par rapport à un point fixe.

Vous apprendrez à calculer votre moyenne dans chaque matière.

Vous continuerez l'**étude des solides de l'espace** comme le prisme, le pavé droit, le cylindre, le tétraèdre et la sphère. Vous apprendrez à calculer des aires et des volumes pour ces solides et pourrez traiter des problèmes de la vie de tous les jours comme les problèmes de contenance d'un récipient.

BILAN-TEST 4e PÉRIODE

Répondez à chacune des questions ci-dessous.
Pour calculer votre score, vous pouvez vous reporter ensuite aux pages de corrigé.
Chaque bonne réponse vous rapporte 1 point. Les réponses incorrectes ne rapportent aucun point.

Score

1 **Convertissez 2,75 hectolitres en décimètres cubes (dm^3) :**

- ☐ **a.** 27,5 dm^3
- ☐ **b.** 275 dm^3
- ☐ **c.** 2750 dm^3
- ☐ **d.** 2,75 dm^3

2 **Convertissez 0,0032 mètres cubes en millilitres :**

- ☐ **a.** 32 ml
- ☐ **b.** 320 ml
- ☐ **c.** 3200 ml
- ☐ **d.** 32000 ml

3 **Si 3,6 kg de pommes coûtent 4,8 €, quel est le coefficient de proportionnalité en € par kilogramme ? Exprimez votre réponse sous forme de fraction irréductible :**

- ☐ **a.** $\frac{4}{3}$ €/kg
- ☐ **b.** $\frac{3}{4}$ €/kg
- ☐ **c.** $\frac{5}{6}$ €/kg
- ☐ **d.** $\frac{6}{5}$ €/kg

4 **Un vélo parcourt 8,4 km en 0,7 heure. Quel est le coefficient de proportionnalité en kilomètres par heure ? Exprimez votre réponse sous la forme la plus simple possible :**

- ☐ **a.** 12 km/h
- ☐ **b.** 5 km/h
- ☐ **c.** 7 km/h
- ☐ **d.** 6 km/h

5 **Un magasin offre une réduction de 35 % sur un jeu de société qui coûte 48 €. Quel est le prix après réduction ?**

- ☐ **a.** 30,40 €
- ☐ **b.** 31,20 €
- ☐ **c.** 33,60 €
- ☐ **d.** 34,80 €

Score

6 On a un triangle ABC tel que $AB = 6$ cm, $AC = 8$ cm, et $BC = 10$ cm. La médiatrice du segment $[BC]$ est tracée. Quelle est la position du symétrique du point A par rapport à cette médiatrice ?

- ☐ **a.** À 6 cm de la médiatrice, du même côté que le point A.
- ☐ **b.** À 8 cm de la médiatrice, du même côté que le point A.
- ☐ **c.** À 6 cm de C et à 8 cm de B.
- ☐ **d.** À 8 cm de A et à 6 cm de B.

7 Résolvez l'équation $4,5x = 9,6$:

☐ **a.** $x = 2,2$ ☐ **b.** $x = 2,133$ ☐ **c.** $x = 2,4$ ☐ **d.** $x = 2,12$

8 Résolvez l'équation $3,75x = 1,5$:

☐ **a.** $x = 0,4$ ☐ **b.** $x = 0,6$ ☐ **c.** $x = 0,35$ ☐ **d.** $x = 0,5$

9 Un pavé droit a une longueur de 30 cm, une largeur de 0,5 mètre, et une hauteur de 20 cm. Un cube de 1 décimètre de côté est assemblé à ce pavé. Quel est le volume total de l'ensemble en centimètres cubes ?

☐ **a.** 31 000 cm³ ☐ **b.** 31 200 cm³ ☐ **c.** 32 000 cm³ ☐ **d.** 32 100 cm³

10 Sur une carte, une distance de 5 cm représente une distance réelle de 2 km. Quelle est l'échelle de la carte ?

☐ **a.** 1:40 000 ☐ **b.** 1: 20 000
☐ **c.** 1: 50 000 ☐ **d.** 1: 10 000

Votre score total

4e période

Corrigés

Corrigé des exercices

1re période

EXERCICE 1

1.
- $A = 40\ 358$
- $B = 300\ 203$
- $C = 7\ 000\ 405{,}31$

2.

40 358	Quarante mille trois cent cinquante-huit
300 203	Trois cent mille deux cent trois
7 000 405,31	Sept millions quatre cent cinq et trente-et-un centièmes

3.

40 358 comporte	40 milliers (ou 4 dizaines de milliers) 403 centaines 4 035 dizaines
300 203 comporte	300 milliers (ou 3 centaines de milliers) 3 002 centaines 30 020 dizaines
7 000 405,31 comporte	7 000 milliers (ou 70 centaines de milliers) 70 004 centaines 700 040 dizaines

EXERCICE 2

- 84 206
- 3 794 827
- 50 006 004

EXERCICE 3

- $34{,}501 \div 10 = 3{,}4501$
- $3456{,}4 \times 10 = 34\,564$
- $534{,}05 \div 1000 = 0{,}53405$
- $345{,}604 \times 100 = 34\,560{,}4$
- $178{,}5 \div 1000 = 0{,}1785$
- $34{,}5604 \times 100 = 3\,456{,}04$
- $14{,}18 \div 10\,000 = 0{,}001418$

Corrigés

➜ $78,57 \times 10\,000 = 785\,700$
➜ $0,049 \times 100 = 4,9$

EXERCICE 4

1.
➜ $0,4 = \frac{4}{10}$
➜ $4,6 = \frac{46}{10}$
➜ $72,25 = \frac{7\,225}{100}$
➜ $0,0015 = \frac{15}{10\,000}$
➜ $0,03 = \frac{3}{100}$
➜ $0,90 = \frac{9}{10} = \frac{90}{100}$
➜ $3,251 = \frac{3\,251}{1\,000}$

Vous remarquez à chaque fois que le dénominateur comporte autant de zéro après le 1 qu'il y a de chiffres après la virgule.

2.
➜ $\frac{15}{100} = 0,15$
➜ $\frac{72}{1\,000} = 0,072$
➜ $\frac{415}{100} = 4,15$
➜ $\frac{1\,425}{1\,000} = 1,425$
➜ $\frac{725\,070}{1\,000} = 725,07$ ou $725,07$
➜ $\frac{3}{10} = 0,3$
➜ $\frac{29}{10} = 2,9$
➜ $\frac{70}{10} = 7$

3.
➜ $\frac{92}{10}$ est une écriture fractionnaire de $9,2$ (écriture décimale)
➜ $\frac{5\,205}{1\,000}$ est une écriture fractionnaire de $5,205$ (écriture décimale)
➜ $\frac{125}{10\,000}$ est une écriture fractionnaire de $0,0125$ (écriture décimale)

EXERCICE 5

Dans $9,53$ ➜ le chiffre 3 représente le chiffre des centièmes.
Dans $13,5$ ➜ le chiffre 3 représente le chiffre des unités.
Dans $0,863$ ➜ le chiffre 3 représente le chiffre des millièmes.
Dans 302 ➜ le chiffre 3 représente le chiffre des centaines.
Dans $17,3$ ➜ le chiffre 3 représente le chiffre des dixièmes.

EXERCICE 6

1 L = $1\ 000$ mL.

Nombre de globules rouges contenus dans 1 L de sang :
➜ $5\,000\,000\,000 \times 1\,000 = 5\,000\,000\,000\,000$
Il y a $5\ 000\ 000\ 000\ 000$ de globules rouges contenus dans 1 L de sang.

Nombre de globules rouges contenus dans notre corps :

➔ $5\,000\,000\,000\,000 \times 5 = 25\,000\,000\,000\,000$

Il y a 25 000 000 000 000 de globules rouges contenus dans notre corps.

Longueur de la colonne formée par tous les globules rouges :

➔ $25\,000\,000\,000\,000 \times 0,007 = 175\,000\,000\,000$

La colonne formée par tous les globules rouges mesure 175 000 000 000 mm.
Or 1 km = 1 000 000 mm.
Donc 40 000 km = 40 000 000 000 mm.

40 000 000 000 < 175 000 000 000 donc on pourrait faire le tour de la Terre en disposant tous les globules rouges du corps humain côte à côte.

EXERCICE 7

$$\begin{aligned} 24,07 + 10,5 + 0,03 + 9,5 &= 24,07 + 0,03 + 10,5 + 9,5 \\ &= 24,10 + 20 = 44,10 \end{aligned}$$

Ordre de grandeur :

➔ $24 + 10 + 0 + 9 = 43$

Donc résultat vraisemblable $(43 \approx 44)$

$$\begin{aligned} 0,04 + 2,9 + 1,16 + 0,1 &= 0,04 + 1,16 + 2,9 + 0,1 \\ &= 1,2 + 3 = 4,2 \end{aligned}$$

Ordre de grandeur :

➔ $0 + 1 + 3 + 0 = 4$

$$\begin{aligned} 14,035 + 7,02 + 9,465 + 0,08 &= 14,035 + 9,465 + 7,02 + 0,08 \\ &= 23,5 + 7,1 = 30,6 \end{aligned}$$

Ordre de grandeur :

➔ $14 + 7 + 9 + 0 = 30$

EXERCICE 8

$$\begin{aligned} 0,04 \times 2,76 \times 9,2 \times 25 &= 0,04 \times 25 \times 2,76 \times 9,2 \\ &= 1 \times 25,392 \\ &= 25,392 \end{aligned}$$

$$\begin{aligned} 5 \times 11,32 \times 4,25 \times 200 &= 5 \times 200 \times 11,32 \times 4,25 \\ &= 1000 \times 48,11 \\ &= 48110 \end{aligned}$$

Corrigés

$$\begin{aligned} 5 \times 8,3 \times 2,12 \times 0,02 &= 5 \times 0,02 \times 8,3 \times 2,12 \\ &= 0,1 \times 17,596 \\ &= 17,596 \div 10 \\ &= 1,7596 \end{aligned}$$

EXERCICE 9

$$\begin{array}{rccccccc} & & 3 & 3 & 1 & 5 & 4 & 7 \\ + & & 1 & 0 & 2 & 1 & 6 & 7 \\ + & & & 6 & 8 & 2 & 7 & 3 \\ + & & 5 & 0 & 2 & 0 & 4 & 4 \\ \hline & 1 & 0 & 0 & 4 & 0 & 3 & 1 \end{array}$$

$$\begin{array}{rcccc} & 3 & 7, & 5 & 3 \\ \times & & 7 & & \\ \hline 2 & 6 & 2, & 7 & 1 \end{array}$$

EXERCICE 10

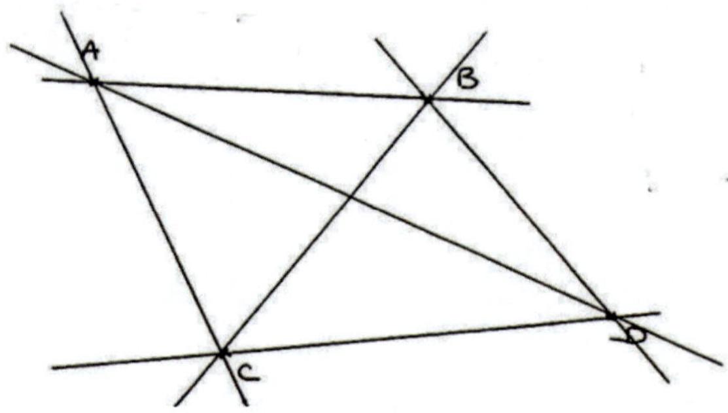

À partir des quatre points, nous pouvons nommer les droites : (AB), (CD), (AC), (BD), (AD), (BC).

Les segments de droite sont : $[AB]$, $[CD]$, $[AC]$, $[BD]$, $[AD]$, $[BC]$.

(AB) et (AC) se coupent en A
(AB) et (AD) se coupent en A
(AC) et (AD) se coupent en A
(AB) et (BC) se coupent en B
(BC) et (BD) se coupent en B
(AB) et (BD) se coupent en B

(AC) et (CD) se coupent en C
(AC) et (BC) se coupent en C
(BC) et (CD) se coupent en C
(BD) et (DC) se coupent en D
(BD) et (AD) se coupent en D
(AD) et (CD) se coupent en D

EXERCICE 11

$AB = 8$ cm
$MN = NB = 2$ cm

$MA = MB = 4$ cm
$AN = 6$ cm

EXERCICE 12

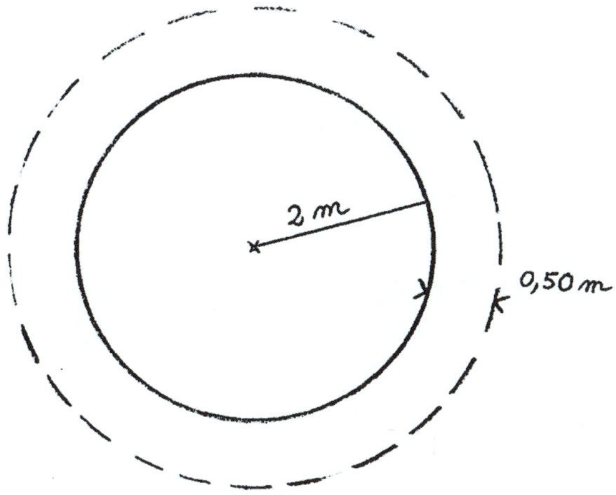

Le grillage sera posé selon un cercle de 2 m $+0,50$ m $= 2,50$ m de rayon.
Pour calculer la longueur de grillage nécessaire, il faut calculer la longueur de la nouvelle circonférence, soit
$L = 2 \times \pi \times 2,5$
$L = 2 \times 3,14 \times 2,5$
$L = 15,7$ m

EXERCICE 13

- Faux. Cela peut être un losange non carré.

Exemple :

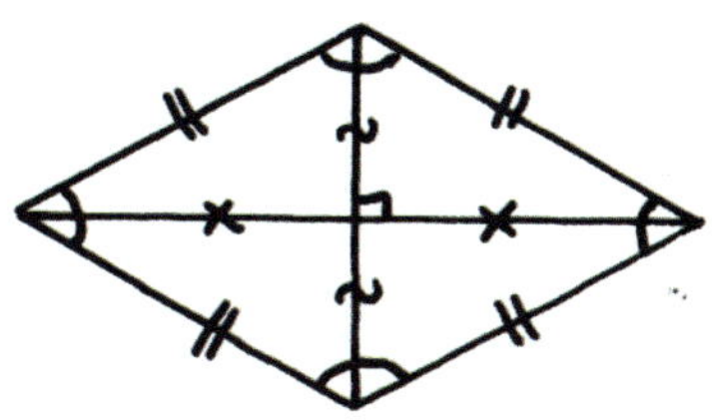

- Vrai car le carré vérifie les propriétés du losange
- Faux. Voir figure du 1er •.
- Vrai car le carré vérifie les propriétés du losange.
- Faux. Exemple :

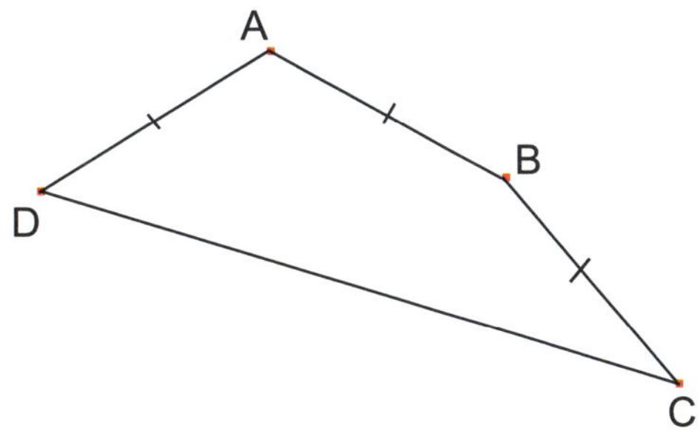

EXERCICE 14

$(AB) \perp (AD)$ $(DC) \perp (BC)$
$(AB) \perp (BC)$ $(DC) \perp (AD)$
$(AB) // (DC)$ $(AD) // (BC)$

Tracer un segment $[AB]$ tel que $AB = 4$ cm,
Tracer les perpendiculaires à (AB) passant par A et B . Les nommer (d_1) et (d_2).
Tracer la droite parallèle à (AB) et distante de 2 cm de (AB).

Corrigés

Les points D et C seront les points d'intersection de la parallèle avec (d_1) et (d_2) tels que $ABCD$ soit un rectangle.

EXERCICE 15

Les figures géométriques ayant des caractéristiques similaires sont :

Le carré

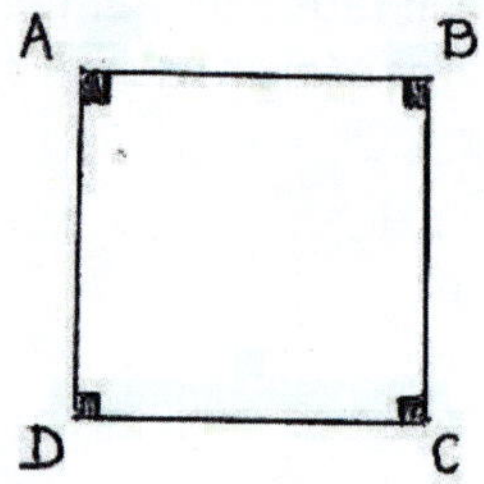

- Quatre angles droits : $\widehat{A}$, $\widehat{B}$, $\widehat{C}$, $\widehat{D}$
- Quatre côtés perpendiculaires égaux : $AB = BC = CD = DA$
- Des côtés parallèles deux à deux : $(AB) // (DC)$, $(BC) // (AD)$

Le parallélogramme

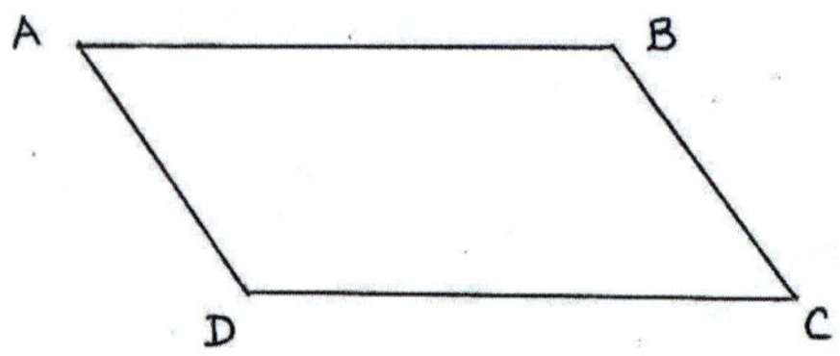

Des côtés parallèles et égaux deux à deux :
$AB = DC$, $(AB) // (DC)$
$BC = AD$, $(AD) // (BC)$

EXERCICE 16

Vrai

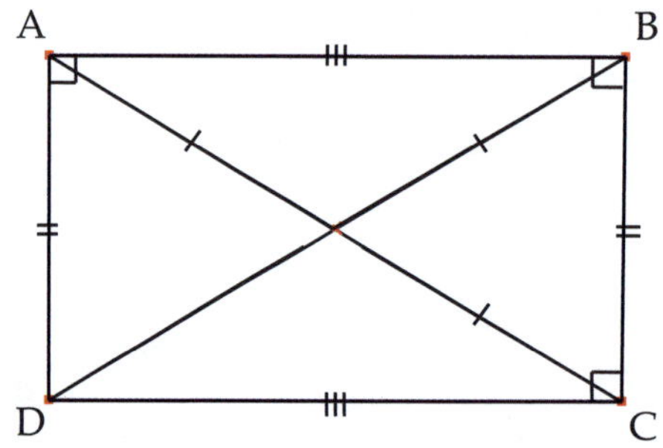

Le quadrilatère $ABCD$ a trois angles droits.
$(AB) \perp (AD)$ et $(AB) \perp (BC)$.
Or, si deux droites sont perpendiculaires à une même troisième droite, alors elles sont parallèles entre elles. Donc $(AD) // (BC)$.
De plus, $(AD) // (BC)$ et $(BC) \perp (CD)$.
Or, si deux droites sont parallèles, alors toute droite perpendiculaire à l'une est perpendiculaire à l'autre. Donc $(AD) \perp (CD)$.
Finalement le quadrilatère $ABCD$ a quatre angles droits donc c'est un rectangle.

EXERCICE 17

Partie 1

Questions 1. à 5. : voir figure ci-dessous

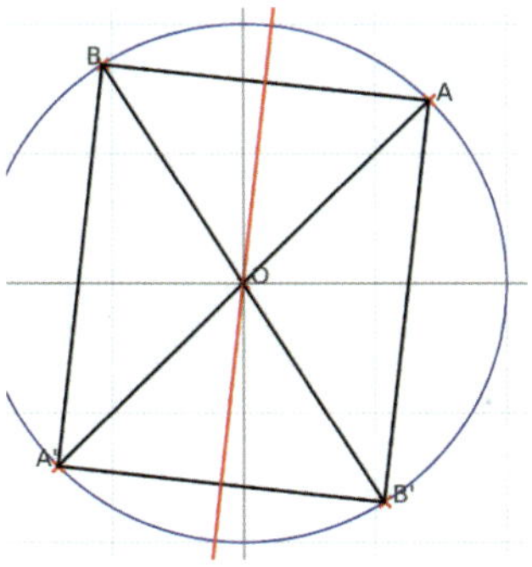

Sur la figure on doit avoir $AB = 5$ cm $AA' = 8$ cm $= BB'$

Construction de B' :

B' est à l'intersection de la droite perpendiculaire à $(A'B)$ passant par A' et de la droite perpendiculaire à (AB) passant par A.

Montrons que B' est sur le cercle :

On sait que les diagonales d'un rectangle ont même longueur par propriété d'un rectangle donc $BB' = AA' = 8$ cm (diamètre du cercle).

Les diagonales d'un rectangle se coupent en leur milieu, or O est le milieu de $[AA']$ donc O est le milieu de $[BB']$ donc par définition du milieu d'un segment :

$$OB' = \frac{BB'}{2} = 4 \text{ cm} = r \text{ (rayon du cercle)}$$

donc B' appartient au cercle de centre de rayon 4 cm (de diamètre 8 cm).

Attention la figure n'est pas à l'échelle :

6.

On a admis que le triangle ABA' est un triangle rectangle en B donc les droites (AB) et (BA') sont perpendiculaires.

Par construction la droite (d) passant par O est perpendiculaire à (AB) donc les droites (d) et (BA') sont toutes les deux perpendiculaires à la même droite (AB) donc elles sont parallèles entre elles .

Bilan : (d) et $(A'B)$ sont parallèles. On note $(d)//(A'B)$.

Partie 2

$A = 5 + \frac{18}{10} \times \frac{3}{10} - \frac{5}{100} + \frac{8}{1000}$

$A = 5 + \frac{54}{100} - \frac{5}{100} + \frac{8}{1000}$

$A = \frac{500}{100} + \frac{54}{100} - \frac{5}{100} + \frac{8}{1000}$

$A = \frac{549}{100} + \frac{8}{1000}$

$A = \frac{5498}{1000}$

$A = 5{,}498$

$B = (5 + \frac{18}{10}) \times (\frac{3}{10} - \frac{5}{100}) + \frac{8}{1000}$

$B = \frac{68}{10} \times (\frac{3}{10} - \frac{5}{100}) + \frac{8}{1000}$

$B = \frac{68}{10} \times (\frac{30}{100} - \frac{5}{100}) + \frac{8}{1000}$

$B = \frac{68}{10} \times \frac{25}{100} + \frac{8}{1000}$

$B = \frac{1700}{1000} + \frac{8}{1000}$

$B = \frac{1708}{1000} = 1{,}708$

2e période

EXERCICE 18

Ordre croissant :

$1{,}00907 < 1{,}0709 < 1{,}0907 < 2{,}0741 < 2{,}4071 < 2{,}7041$

EXERCICE 19

Ordre décroissant :

$0{,}540 > 0{,}405 > 0{,}304 > 0{,}104 > 0{,}0054 > 0{,}00203$

EXERCICE 20

Encadrement du nombre π soit environ $3{,}14$:

- entre 2 entiers consécutifs : $3 < \pi < 4$ donc
- à la décimale près : $3{,}1 < \pi < 3{,}2$

EXERCICE 21

- $0,54 < 0,540 < 0,55$
- $0,40 < 0,405 < 0,41$
- $0,30 < 0,304 < 0,31$
- $0,10 < 0,104 < 0,11$
- $0,005 < 0,0054 < 0,006$
- $0,0020 < 0,00203 < 0,0021$

EXERCICE 22

Troncature		Arrondi		Nombre	Encadrement
Unité	au 1/10	1 près	0,1		
2	2,5	3	2,5	2,51	$2,5 < 2,51 < 2,6$
1	1,2	1	1,2	1,21	$1,2 < 1,21 < 1,3$
3	3,4	3	3,5	3,47	$3,4 < 3,47 < 3,5$
1	1,0	1	1,0	1,01	$1 < 1,01 < 1,1$
3	3,2	3	3,3	3,29	$3,2 < 3,29 < 3,3$
5	5,6	6	5,7	5,65	$5,6 < 5,65 < 5,7$

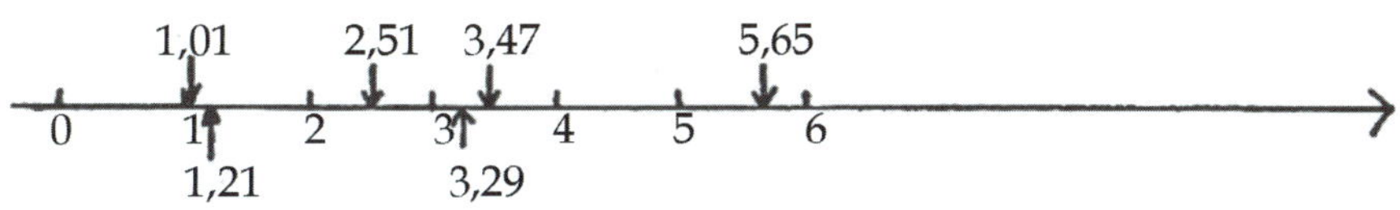

EXERCICE 23

1.
Dividende = diviseur × quotient + reste
Ici il n'y a pas de reste car il s'agit de quotient exact.
$5963 = ? \times 89$. Pour trouver le diviseur il suffit de faire la division $5963 \div 89$.
Le résultat sera le diviseur soit 67.

2.
Complétons les égalités suivantes :
$24832 = 256 \times 97$. Il faut effectuer le quotient 24 832 par 97 on trouve 256.
$50456 = 68 \times 742$. On effectue le quotient de 50 456 par 68. Le résultat est 742.

EXERCICE 24

34 785 est divisible par 5 (se termine par 5), par 3 et par 9, la somme des chiffres est 27 et est multiple de 3 et 9.
7 416 est divisible par 2 (se termine par 2), par 3 et 9 (somme des chiffres 18), par 4 (16 est multiple de 4).
1 875 456 est divisible par 2, 3, 4 et 9.

EXERCICE 25

Après avoir versé 804 euros, il reste la somme de $8\,604 - 804 = 7\,800$ euros à payer en 12 mois. Donc chaque mensualité aura pour montant : $7\,800 \div 12 = 650$ euros.
L'opération qui a été effectuée peut s'écrire : $8\,604 = 12 \times 650 + 804$
Attention, il ne s'agit pas d'une égalité qui se déduit de la division euclidienne de $8\,604$ par 12 car le reste est supérieur au diviseur !

EXERCICE 26

Angles rentrants	$\widehat{BEF}$, $\widehat{ABC}$, $\widehat{BDA}$
Angles saillants	$\widehat{ABC}$, $\widehat{AEC}$, $\widehat{AFC}$, $\widehat{ADC}$, $\widehat{CFD}$, $\widehat{EFD}$, $\widehat{BEF}$, $\widehat{BDF}$
Angles plats	$\widehat{AEB}$, $\widehat{AFD}$, $\widehat{EFC}$, $\widehat{BDC}$
Angles obtus	$\widehat{BEF}$, $\widehat{BDF}$, $\widehat{EFD}$
Angles aigus	$\widehat{ADC}$, $\widehat{ABC}$, $\widehat{AEF}$, $\widehat{DCE}$

EXERCICE 27

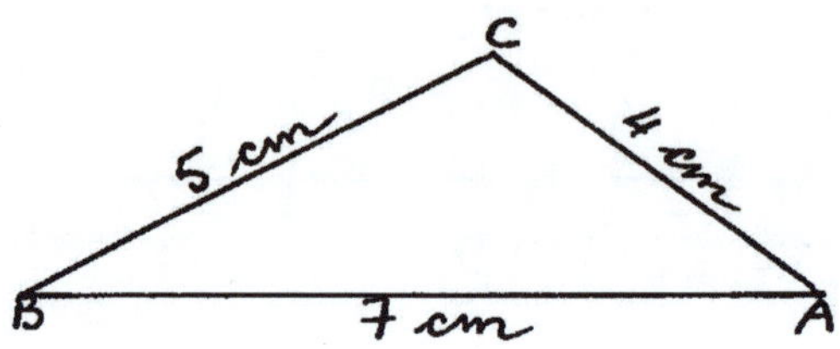

EXERCICE 28

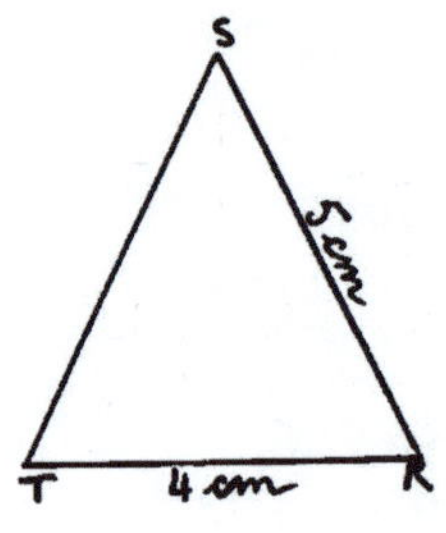

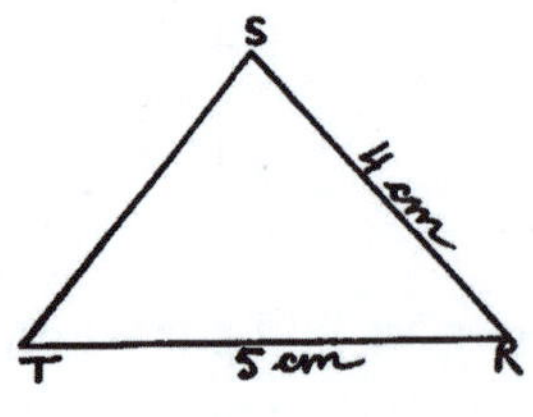

Isocèle en S signifie que $RS = ST$
Deux cas de figures sont possibles :
- $RS = ST = 5$ cm et $TR = 4$ cm

ou
- $RS = ST = 4$ cm et $TR = 5$ cm

EXERCICE 29

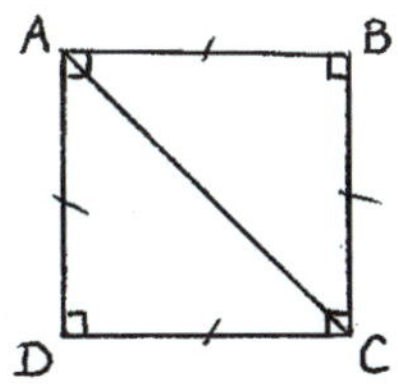

Un carré est une figure à quatre côtés de même longueur, comportant quatre angles droits. Nous remarquons, si nous traçons la diagonale $[AC]$, que la figure est partagée en deux triangles rectangles ABC et ADC superposables car symétriques par rapport à (AC).
Chaque triangle comporte deux côtés de même longueur , chaque triangle est donc isocèle. Les triangles obtenus sont donc des triangles rectangles isocèles.

EXERCICE 30

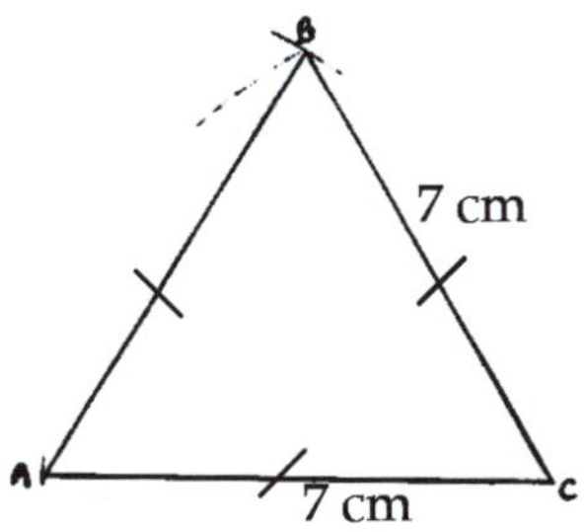

Un triangle équilatéral ayant trois côtés égaux.
La dimension d'un côté sera $21 \div 3 = 7$ cm

EXERCICE 31

Les faces sont les six carrés suivants :

$ABCD$	$EFGH$	$ABFE$
$DAEH$	$CBFG$	$DCGH$

Toutes les arêtes sont de même dimension et égales à la mesure du côté d'un carré (d'une face).
Elles sont de dimension 1.

EXERCICE 32

Les nombres 35, 40 et 18 cm sont les dimensions des arêtes du solide. Les trois nombres sont différents. Il s'agit donc d'un pavé droit.

EXERCICE 33

On suppose que l'unité choisie est le millimètre.

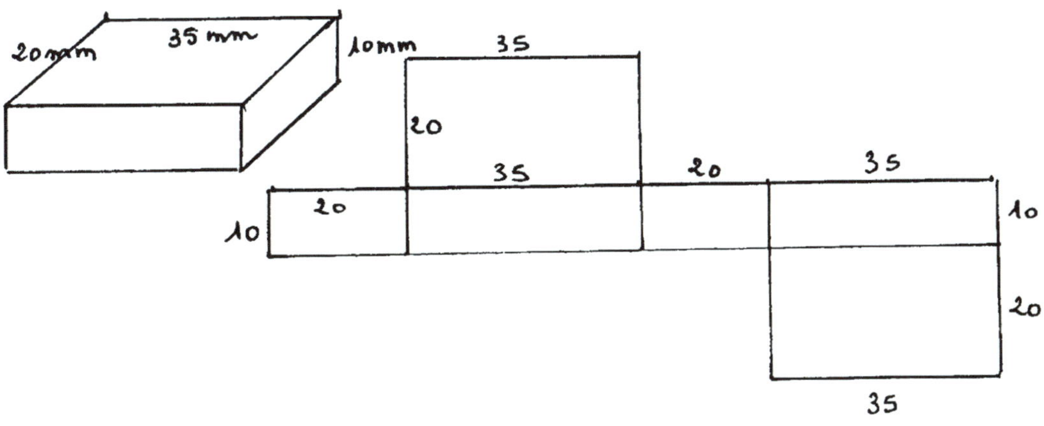

EXERCICE 34

Partie 1

Calcul de la longueur de chaque côté d'un triangle :

Le périmètre d'un triangle équilatéral est donné par la somme des longueurs de ses trois côtés.

Pour un triangle équilatéral :

$P = 3 \times$côté

Donc, pour trouver la longueur d'un côté, nous divisons le périmètre par 3 :

Côté $= \frac{P}{3} = \frac{11}{3}$ m $\approx 3,66$ m (Quotient par défaut au $\frac{1}{100}$)

Calcul de la longueur totale de ruban nécessaire pour un triangle :

Pour un triangle, Faustine utilise un ruban de $3,66$ m pour chaque côté. Donc, pour un triangle, elle utilise :

Longueur de ruban pour un triangle $= 3 \times 3,66$ m $\approx 10,98$ m

Calcul de la longueur totale de ruban nécessaire pour 10 triangles :

Pour 10 triangles, la longueur totale de ruban nécessaire est :

Longueur totale $= 10 \times 10,98$ m $= 109,8$ m

Calcul du ruban restant :

Faustine a acheté 110 m de ruban.

Ruban restant $= 110$ m $- 109,8$ m $= 0,20$ m soit 20 cm de ruban.

Partie 2

1. Reproduction de la figure

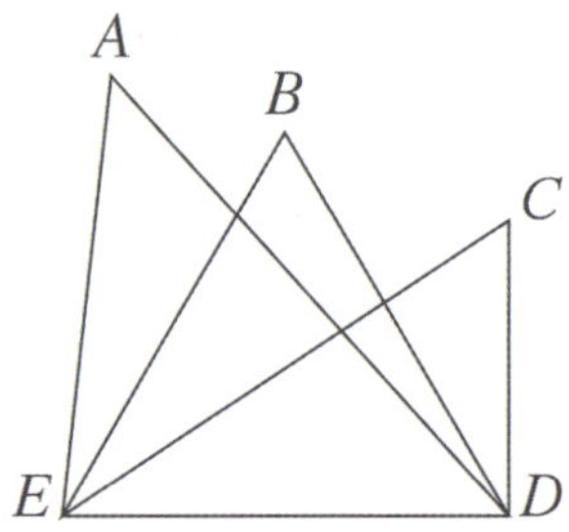

2. Description des étapes de construction

1. Tracez le segment $[ED]$ de longueur 6 cm.

2. Pour construire le triangle isocèle ADE avec $AE = ED = 6$ cm et $AD = 8$ cm :

- Placez le compas sur le point E, tracez un arc de cercle de rayon 6 cm.
- Placez le compas sur le point D, tracez un arc de cercle de rayon 8 cm qui coupe l'arc précédent en A.
- Reliez les points A, D et E pour former le triangle ADE.

3. Pour construire le triangle équilatéral BED :

- Placez le compas sur le point E, tracez un arc de cercle de rayon 6 cm.
- Placez le compas sur le point D, tracez un arc de cercle de rayon 6 cm qui coupe l'arc précédent en B.
- Reliez les points B, E et D pour former le triangle BED.

4. Pour construire le triangle rectangle EDC :

- Tracez une droite perpendiculaire à (ED) en D.

- Tracez la perpendiculaire à (BD) passant par E, qui coupe la droite tracée précédemment au point C.
- Reliez les points C, D et E pour former le triangle rectangle EDC.

3e période

EXERCICE 35

On se souvient que dans un quotient le dividende = diviseur × quotient.
Ici le dividende correspond au numérateur tandis que le diviseur est le quotient.
On pourra donc contrôler le résultat de la manière suivante :

$135 = 9 \times 15$ $\quad$ $408 = 24 \times 17$

$164,3 = 5,3 \times 31$ $\quad$ $862,5 = 12,5 \times 69$

EXERCICE 36

$\frac{5,2}{1,3} = \frac{5,2 \times 10}{1,3 \times 10} = \frac{52}{13} = 4$ $\quad$ $\frac{6,4}{0,008} = \frac{6,4 \times 100}{0,008 \times 100} = \frac{640}{8} = 80$

$\frac{0,15}{0,3} = \frac{0,15 \times 100}{0,3 \times 100} = \frac{15}{30} = \frac{1}{2}$ $\quad$ $\frac{0,81}{0,09} = \frac{0,81 \times 100}{0,09 \times 100} = \frac{81}{9} = 9$

$\frac{0,169}{1,3} = \frac{0,169 \times 1000}{1,3 \times 1000} = \frac{169}{1300} = \frac{13 \times 13}{13 \times 100} = \frac{13}{100}$

$\frac{0,2}{0,003} = \frac{0,2 \times 1000}{0,003 \times 1000} = \frac{200}{3}$

Vous remarquez que dans chaque cas on multiplie le numérateur et le dénominateur de la fraction par un même nombre $10, 100, 1\,000$... qui correspond au nombre du numérateur ou du dénominateur qui possède le plus de chiffres après la virgule.

EXERCICE 37

- $\frac{1,2}{1,5} = \frac{1,2 \times 10}{1,5 \times 10} = \frac{12}{15}$

On simplifie la fraction en décomposant le numérateur et le dénominateur sous forme de produit :

$\frac{12}{15} = \frac{3 \times 4}{3 \times 5} = \frac{4}{5}$ car 12 et 15 sont multiples de 3.

On peut donc diviser numérateur et dénominateur par 3.

$\frac{4 \times 2}{5 \times 2} = \frac{8}{10}$ est la fraction décimale égale à $\frac{1,2}{1,5}$. L'écriture décimale sera $0,8$.

- $\frac{30}{4} = \frac{15 \times 2}{2 \times 2}$ On divise numérateur et dénominateur par 2 on obtient $\frac{30}{4} = \frac{15}{2}$

$\frac{15}{2} = \frac{15 \times 5}{2 \times 5} = \frac{75}{10} = 7,5$ est l'écriture décimale.

- $\frac{1500}{7500} = \frac{15 \times 100}{75 \times 100}$ $\quad$ Nous divisons le numérateur et le dénominateur par 100

Corrigés

$\frac{1500}{7500} = \frac{15}{75} = \frac{5 \times 3}{25 \times 3}$ Nous divisons encore par 3 car 15 et 75 sont multiples de 3.

$\frac{1500}{7500} = \frac{5}{25} = \frac{5 \times 4}{25 \times 4} = \frac{20}{100} = 0,2$

EXERCICE 38

$\frac{4}{3} > 1$ $\frac{9}{5} > 1$ $\frac{3}{4} < 1$ $\frac{5}{8} < 1$

$\frac{14}{2} > 1$ $\frac{27}{3} > 1$ $\frac{15}{4} > 1$

EXERCICE 39

$\frac{11}{3}$ Effectuons la division $11 \div 3 = \underbrace{3}_{\text{partie entière}} + \underbrace{\frac{2}{3}}_{\text{partie fractionnaire}}$ $\begin{array}{r|l} 11 & 3 \\ \hline 2 & 3 \end{array}$

$\frac{31}{19}$ $\begin{array}{r|l} 31 & 19 \\ \hline 12 & 1 \end{array}$ $\frac{31}{19} = 1 + \frac{12}{19}$

$\frac{45}{4}$ $\begin{array}{r|l} 45 & 4 \\ \hline 05 & 11 \\ 1 & \end{array}$ $\frac{45}{4} = 11 + \frac{1}{4}$

$\frac{29}{13}$ $\begin{array}{r|l} 29 & 13 \\ \hline 03 & 2 \end{array}$ $\frac{29}{13} = 2 + \frac{3}{13}$

$\frac{72}{7}$ $\begin{array}{r|l} 72 & 7 \\ \hline 02 & 10 \end{array}$ $\frac{72}{7} = 10 + \frac{2}{7}$

EXERCICE 40

$\frac{8}{15}$ et $\frac{9}{25}$ si on multiplie 15 par 10 on obtient 150 ; 25 par 6 on obtient 150 .

$\frac{8}{15} = \frac{8 \times 10}{15 \times 10} = \frac{80}{150}$ $\frac{9 \times 6}{25 \times 6} = \frac{54}{150}$ donc $\frac{8}{15} > \frac{9}{25}$ car $80 > 54$

$\frac{15}{18} = \frac{15 \times 2}{18 \times 2} = \frac{30}{36}$ donc $\frac{15}{18} = \frac{30}{36}$

$\frac{19}{50} = \frac{19 \times 3}{50 \times 3} = \frac{57}{150}$ $\frac{29}{75} = \frac{29 \times 2}{75 \times 2} = \frac{58}{150}$ donc $\frac{19}{50} < \frac{29}{75}$ car $57 < 58$

EXERCICE 41

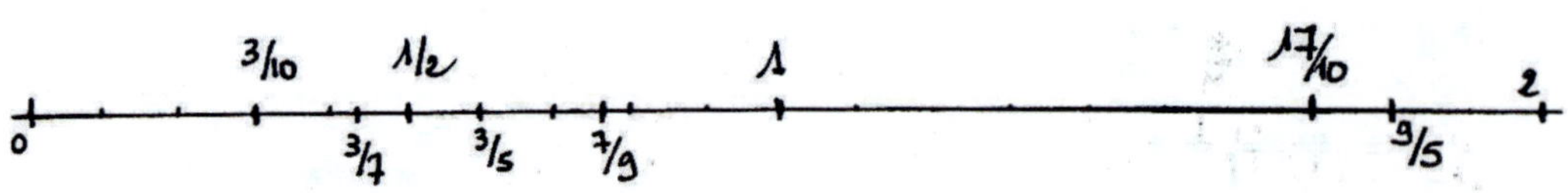

Ici la droite graduée, 1 cm représente 0, 1 unité soit $\frac{1}{10}$.

Dans cet exercice, pour $\frac{3}{5}$, $\frac{9}{5}$, $\frac{3}{10}$ et $\frac{17}{10}$, on sait que $\frac{1}{10}$ vaut 1 cm, et $\frac{1}{5} = \frac{2}{10}$ donc vaut 2 cm.

Pour les fractions,on effectue les calculs des quotients.

EXERCICE 42

1 heure = 60 minutes

$\frac{1}{2} \times 60 = 30$ min $\quad (1 \times 60) \div 2 = (60 \div 2) \times 1 = 60 \times 0,5$

$\frac{1}{4} \times 60 = 15$ min $\quad (1 \times 60) \div 4 = (60 \div 4) \times 1 = 60 \times 0,25$

$\frac{3}{4} \times 60 = 45$ min $\quad (3 \times 60) \div 4 = (60 \div 4) \times 3 = 60 \times 0,75$

$\frac{5}{12} \times 60 = 25$ min $\quad (5 \times 60) \div 12 = (60 \div 12) \times 5 = 25$

$\frac{6}{8} \times 60 = 45$ min $\quad \frac{6}{8} = \frac{3}{4}$ donc $\frac{6}{8} \times 60 = \frac{3}{4} \times 60 = 3 \times \frac{60}{4} = 3 \times 15$

$\frac{3}{5} \times 60 = 36$ min $\quad \frac{3}{5} \times 60 = 3 \times \frac{60}{5} = 3 \times 12$

$\frac{7}{2} \times 60 = 210$ min $\quad 7 \times \frac{60}{2} = 7 \times 30$

EXERCICE 43

5 et 10 sont des multiples de 5 donc on peut écrire : $\frac{5}{10} = \frac{5 \times 1}{5 \times 2}$

On simplifie par 5 donc : $\frac{5}{10} = \frac{1}{2}$

15 et 100 sont multiples de 5 donc : $\frac{15}{100} = \frac{3 \times 5}{20 \times 5} = \frac{3}{20}$

175 et 1 000 sont multiples de 25 donc : $\frac{175}{1000} = \frac{25 \times 7}{25 \times 40} = \frac{7}{40}$

18 et 24 sont multiples de 2 et 3 donc : $\frac{18}{24} = \frac{18 \div 2}{24 \div 2} = \frac{9}{12} = \frac{3 \times 3}{3 \times 4}$

donc $\frac{18}{24} = \frac{3}{4}$

25 et 35 sont multiples de 5 donc : $\frac{25}{35} = \frac{5 \times 5}{7 \times 5} = \frac{5}{7}$

$\frac{13}{169} = \frac{13 \div 13}{169 \div 13} = \frac{1}{13}$

$\frac{11}{121} = \frac{11 \times 1}{11 \times 11} = \frac{1}{11}$

125 et 625 sont divisibles par 25 car terminés par 25. $\frac{125 \div 25}{625 \div 25} = \frac{5}{25} = \frac{5 \times 1}{5 \times 5} = \frac{1}{5}$

EXERCICE 44

$$420 \times \frac{13}{21} = (420 \div 21) \times 13 = 20 \times 13 = 260$$

On trouve 260 races de chiens en France.

EXERCICE 45

$\frac{3}{10} + \frac{5}{10} = \frac{8}{10}$ $\frac{7}{100} + \frac{15}{100} = \frac{22}{100}$ $\frac{1}{3} + \frac{7}{3} = \frac{8}{3}$

Ici toutes les fractions ont le même dénominateur
Donc on garde celui-ci et on additionne les numérateurs.

$$\frac{27}{100} + \frac{9}{10} + \frac{5}{1000}$$

Dans ce cas on voit qu'il faut mettre toutes les fractions décimales au même dénominateur $1\,000$.
On a vu que la valeur décimale d'une fraction ne change pas si on multiplie le numérateur et le dénominateur par un même nombre.

$\frac{27}{1000} = \frac{27 \times 10}{100 \times 10} = \frac{270}{1000}$ $\frac{9}{10} = \frac{9 \times 100}{100 \times 100} = \frac{900}{1000}$

$$\frac{27}{100} + \frac{9}{10} + \frac{5}{1000} = \frac{270}{1000} + \frac{900}{1000} + \frac{5}{1000} = \frac{270 + 900 + 5}{1000} = \frac{1175}{1000} = \frac{47 \times 25}{40 \times 25} = \frac{47}{40}$$

EXERCICE 46

On commencera par calculer le demi-périmètre soit $16 \div 2 = 8$ cm. La longueur est supérieure à la largeur.
Longueur $L = 7$ cm ; largeur $l = 1$ cm
Longueur $L = 6$ cm ; largeur $l = 2$ cm
Longueur $L = 5$ cm ; largeur $l = 3$ cm
Il n'y a pas d'autres dimensions possibles car si la longueur est égale à la largeur et mesure 4 cm, nous aurons un carré.

EXERCICE 47

L'hexagone a six côtés égaux dont la dimension est le rayon du cercle circonscrit donc :
$\mathcal{P} = 6 \times R$
$C = 2 \times \pi \times R \approx 2 \times 3,14 \times R \approx 6,28 \times R$ donc $\mathcal{P} < C$.
Les six triangles sont isocèles d'angle de sommet principal égal à 60° donc ils sont équilatéraux.

EXERCICE 48

Aire n°1 ➔ $L = 7$ cm ; $l = 1$ cm → $\mathcal{A}_1 = 7 \times 1 = 7$ cm²
Aire n°2 ➔ $L = 6$ cm ; $l = 2$ cm → $\mathcal{A}_2 = 6 \times 2 = 12$ cm²
Aire n°3 ➔ $L = 5$ cm; $l = 3$ cm → $\mathcal{A}_3 = 5 \times 3 = 15$ cm²

Remarque :
Aire n°1 < Aire n°2 < Aire n°3
Des rectangles peuvent donc avoir même périmètre et des aires différentes

EXERCICE 49

On peut utiliser le tableau :

km²		hm²		dam²		m²		dm²		cm²		mm²	
							0	4	9	6	0		
					0	0	0	4	0	5	0		
								5	2	7	2	1	1
					0	0	0	0	2	4	2		
					7	2	5	8	4				
					0	0	0	0	0	4	0	3	7

En cm²

$0,496$ m² $= 4\,960$ cm²

$0,004\,05$ dam² $= 4050$ cm²

$527\,211$ mm² $= 5\,272,11$ cm²

En dam²

$2,42$ dm² $= 0,000\,242$ dam²

$72\,584$ dm² $= 7,258\,4$ dam²

$4\,037$ mm² $= 0,000\,040\,37$ dam²

EXERCICE 50

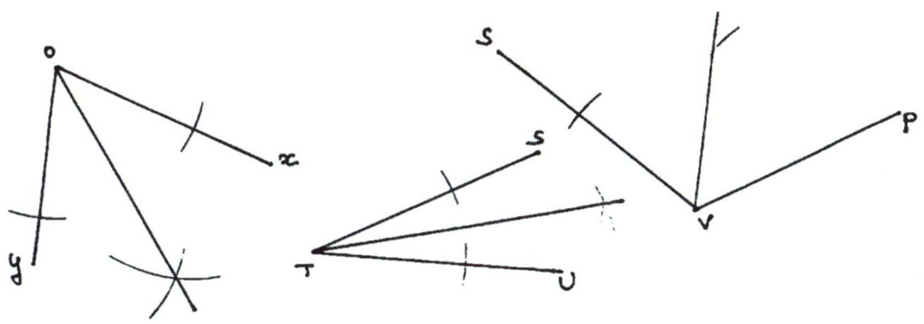

Valeurs des angles mesures :

$\widehat{xOy} = 71°$ $\widehat{sTu} = 28°$ $\widehat{sVp} = 115°$

EXERCICE 51

$\widehat{xOy}$ et $\widehat{ySt}$ ne sont pas adjacents car leur sommet n'est pas commun.

Pour tracer deux angles adjacents de $35°$ et $15°$, il faut commencer par tracer l'angle de $35°$, puis à partir d'un des côtés de l'angle, tracer un angle de $15°$ ayant même sommet.

Le complémentaire de $\widehat{xAy}$ vaut $63°$.

Le supplémentaire de $\widehat{zBt}$ vaut $102°$.

Corrigés

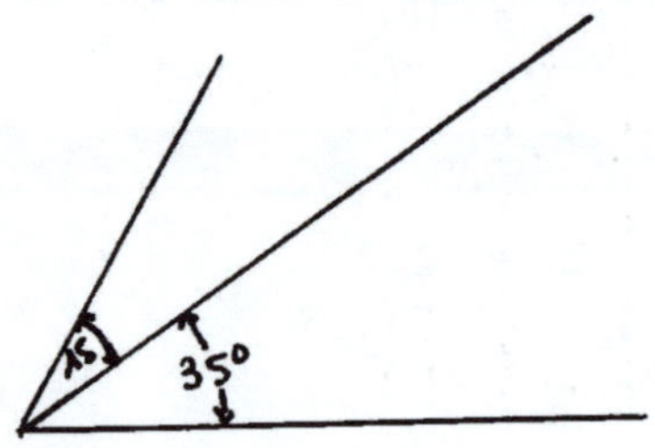

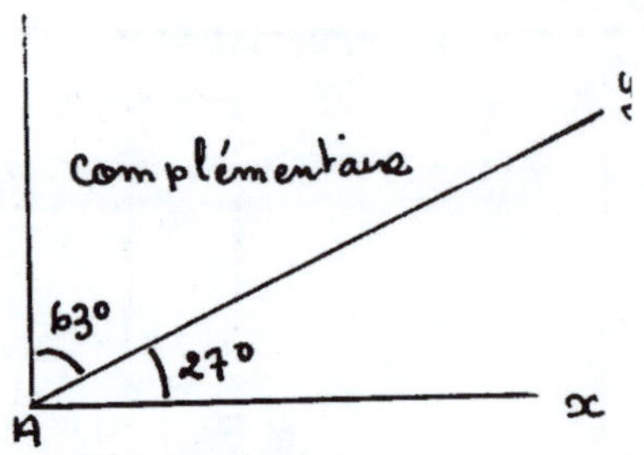

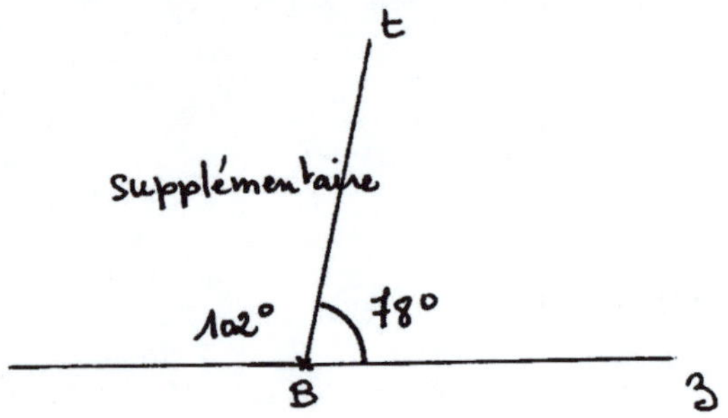

EXERCICE 52

Partie 1

1.

$$\frac{38}{10}-\left(\frac{35}{100}-\frac{15}{1000}\right)+2,15=\frac{3800}{1000}-\left(\frac{350}{1000}-\frac{15}{1000}\right)+\frac{2150}{1000}$$
$$=\frac{3800}{1000}-\frac{335}{1000}+\frac{2150}{1000}$$
$$=\frac{3465}{1000}+\frac{2150}{1000}=\frac{5615}{1000}$$

$\frac{5615}{1000}=\frac{5\times1123}{5\times200}=\frac{1123}{200}$ est irréductible

2.

$\frac{1123}{200}=5{,}615$ donc $5{,}61<\frac{1123}{200}<5{,}62$ est l'encadrement au $\frac{1}{1000}$ de $\frac{1123}{200}$

3.

L'arrondi au dixième près de $\frac{1123}{200}$ est $5{,}6$ car le chiffre du rang des centièmes est égal à 1

donc l'arrondi est la valeur par défaut (donc la troncature) de l'encadrement au dixième de $\frac{1123}{200}$

est $\frac{1123}{200}\approx5{,}6$ (arrondi au dixième)

4.

Le nombre est $\frac{69}{12}$ or $\frac{69}{12}=\frac{3\times23}{3\times4}=\frac{23}{4}=5{,}75$ (valeur exacte)

$5{,}75\approx5{,}8$ (arrondi au dixième)

5.

$\frac{1123}{200}=5{,}615$ et $\frac{23}{4}=5{,}75$. Or $5{,}75>5{,}615$ donc $\frac{23}{4}>\frac{1123}{200}$

Partie 2

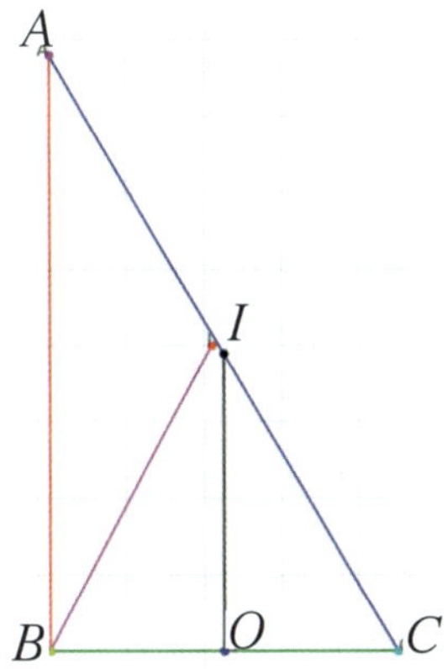

Le point O semble être le milieu de $[BC]$

4e période

EXERCICE 53

A	142	725	498	082	420
B	+ 183	+ 179	+ 367	+ 147	+ 476
C	325	904	865	229	896

Dans chaque opération $A+B=C$, B le nombre cherché s'obtient en faisant la différence $C-A=B$

Nous pouvons de cette manière faire la vérification de l'opération.

$325-142=183$

$904-725=179$

$865-498=367$

A	725	$725-424=301$
B	− 424	Nous avons ici $A-B=C$
C	301	Pour obtenir B, nous effectuons la différence $A-C$ $725-301=424$

A	498	$498-179=319$ correspond à $A-C=B$
B	− 319	ou $498-319=179$
C	179	

A	889	889 est le nombre cherché
B	− 476	
C	413	

A	1 631	1 631 est le nombre cherché
B	− 642	
C	989	

EXERCICE 54

$x+3=5$ est une équation du type $x+a=b$ donc $x=b-a$
$x=5-3$
$x=2$

$x+7=12$
$x=12-7$
$x=5$

$x+2,9=3,4$
$x=3,4-2,9$
$x=0,5$

$x+4,2=5,6$
$x=5,6-4,2$
$x=1,4$

$x+\dfrac{3}{100}=\dfrac{29}{100}$
$x=\dfrac{29}{100}-\dfrac{3}{100}$
$x=\dfrac{26}{100}=\dfrac{13}{50}$

$x+\dfrac{9}{10}=\dfrac{17}{10}$
$x=\dfrac{17}{10}-\dfrac{9}{10}$
$x=\dfrac{8}{10}=\dfrac{4}{5}$

$x+\dfrac{1}{4}=\dfrac{3}{4}$
$x=\dfrac{3}{4}-\dfrac{1}{4}$
$x=\dfrac{2}{4}=\dfrac{1}{2}$

Les équations qui suivent sont du type $x-a=b$. La solution $x=b+a$.

$x-3=7$
$x=7+3$
$x=10$

$x-4=9$
$x=9+4$
$x=13$

$x-\dfrac{11}{1000}=\dfrac{431}{1000}$
$x=\dfrac{431}{1000}+\dfrac{11}{1000}$
$x=\dfrac{442}{1000}=\dfrac{221}{500}$

$x-\dfrac{5}{2}=\dfrac{7}{2}$
$x=\dfrac{7}{2}+\dfrac{5}{2}$
$x=\dfrac{12}{2}=6$

$x-\dfrac{3}{7}=\dfrac{2}{7}$
$x=\dfrac{2}{7}+\dfrac{3}{7}$
$x=\dfrac{5}{7}$

EXERCICE 55

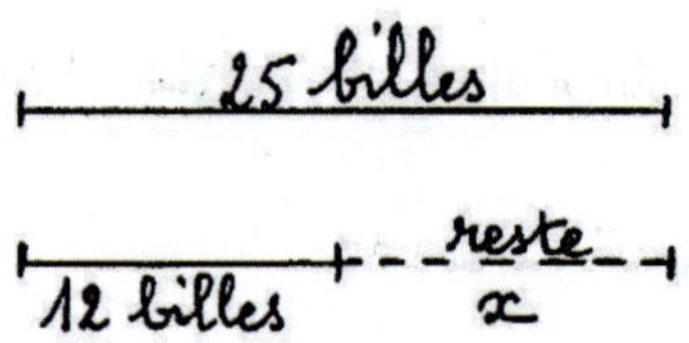

L'équation sera :
$x+12=25$
$x=25-12$
$x=13$

Il lui restera 13 billes.

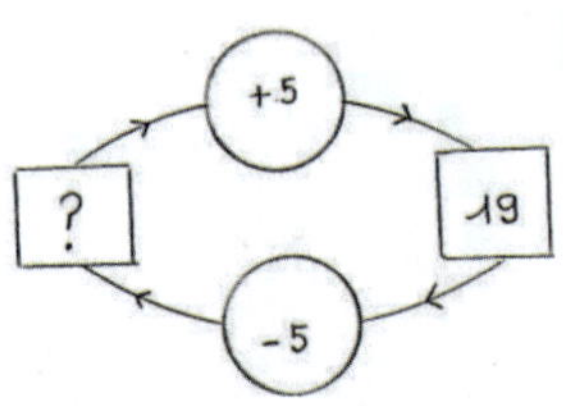

$x+5=19$
$x=19-5$
$x=14$

Le nombre est 14.

EXERCICE 56

$5 \times 5 = 25$ $14 \times 56 = 784$ $15 \times 15 = 225$ $96 \times 29 = 2\,784$

EXERCICE 57

$2x = 18$ $x = \frac{18}{2} = 9$ $15x = 90$ $x = \frac{90}{15} = 6$

$7x = 21$ $x = \frac{21}{7} = 3$ $4x = 96$ $x = \frac{96}{4} = 24$

$21x = 42$ $x = \frac{42}{21} = 2$ $11x = 121$ $x = \frac{121}{11} = 11$

EXERCICE 58

	USA	Russie	France	Allemagne	Grande-Bretagne	Japon
Pourcentage	19%	20%	7%	3,8%	4%	15,5%
Quantités produites en millions de tonnes	238,64	251,2	87,92	47,728	50,24	194,68

EXERCICE 59

Nombre de candidats reçus à la 1re session : $\frac{8,6 \times 4000}{100} = 344$ candidats

Nombre de candidats admis à l'oral : $\frac{7,5 \times 4000}{100} = 300$ candidats

Candidats reçus après l'oral : $\frac{300 \times 14}{100} = 42$ candidats

Nombre total de candidats reçus : $344 + 42 = 386$

Pourcentage total de reçus : $\frac{386}{4000} = 9,65\%$

EXERCICE 60

Il y a proportionnalité entre le coût de la main d'oeuvre et le temps passé.

Durée en heures	3	5	2	7	14	$\times 19$
Coût de la main-d'oeuvre	57	95	38	133	266	

EXERCICE 61

$150 \times \frac{6,9}{100} = (150 \div 100) \times 6,9 = 10,35$

L'Europe a une superficie de $10,35$ millions de kilomètres carrés.

Corrigés

EXERCICE 62

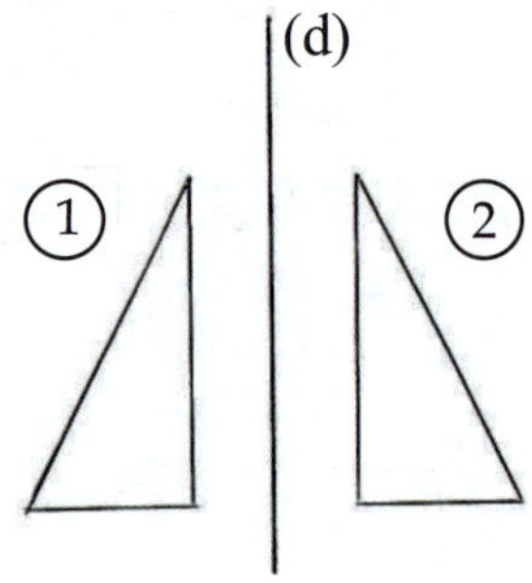

Les figures ① et ② se superposent exactement lorsqu'on plie suivant la droite (d).

EXERCICE 63

Tous les as possèdent au moins un axe de symétrie. L'as de carreau en possède deux.
Les 8 de carreau et 9 de pique possèdent un axe de symétrie (deux pour le 8 de carreau).

EXERCICE 64

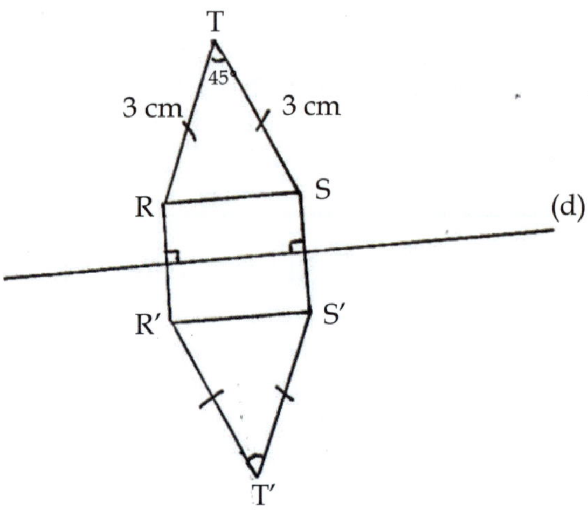

On vérifie la conservation des mesures de longueur.

$TR = T'R' = 3$ cm

$TS = T'S' = 3$ cm

$RS = R'S'$

$\widehat{RTS} = \widehat{R'T'S'} = 45°$

EXERCICE 65

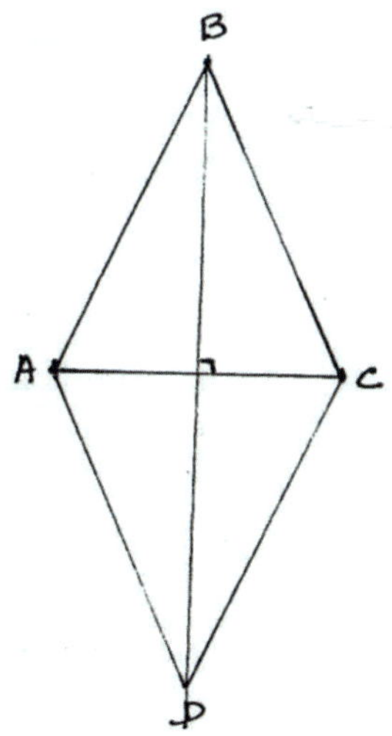

Appelons D le symétrique de B par rapport à (AC). Les symétriques de A et C par rapport à (AC) sont les points eux-mêmes.

La symétrie conservant les distances nous avons $AB = BC$ (car le triangle est isocèle) donc $AD = DC$.

La figure $ABCD$ possède deux axes de symétrie (AC) et (BD) qui sont ses diagonales. De plus, nous constatons que ses diagonales sont perpendiculaires.

Donc la figure obtenue est un losange.

Remarque : il suffit démontrer que les quatre côtés du quadrilatère ont même longueur pour affirmer que c'est un losange :
ABC est isocèle en B donc $BA = BC$. La symétrie orthogonale conserve les longueurs donc $BC = CD$ et $AB = AD$ donc peut déduire que $AD = AB = BC = CD$. Les quatre côtés du quadrilatère ont même longueur donc par définition $ABCD$ est un losange.

EXERCICE 66

Le symétrique d'un cercle C par rapport à une droite (d) est un cercle C' identique à C c'est-à-dire de même rayon.
(d) est la médiatrice du segment $[OO']$.
Les points A et B sont sur la droite (d). Ils appartiennent à la médiatrice de $[OO']$ donc A et B sont équidistants des extrémités O et O'.
$OB = O'B$
$OA = O'A$

Mais OA et OB sont égaux comme rayon du cercle donc le quadrilatère $AOBO'$ ayant ses quatre côtés égaux est un losange.

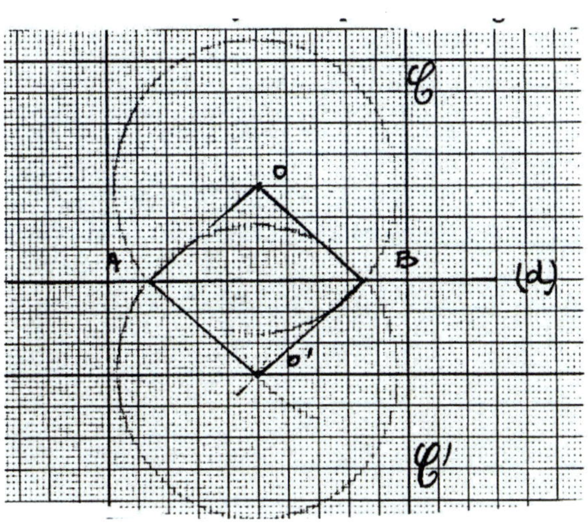

EXERCICE 67

L'automobiliste s'est arrêté deux fois.
Une première fois, il s'est arrêté entre 30 et 45 min après son départ.
La durée de son premier arrêt est donc de 15 min.
Une deuxième fois, il s'est arrêté entre 80 et 100 min.
La durée de son deuxième arrêt est donc de 20 min.

EXERCICE 68

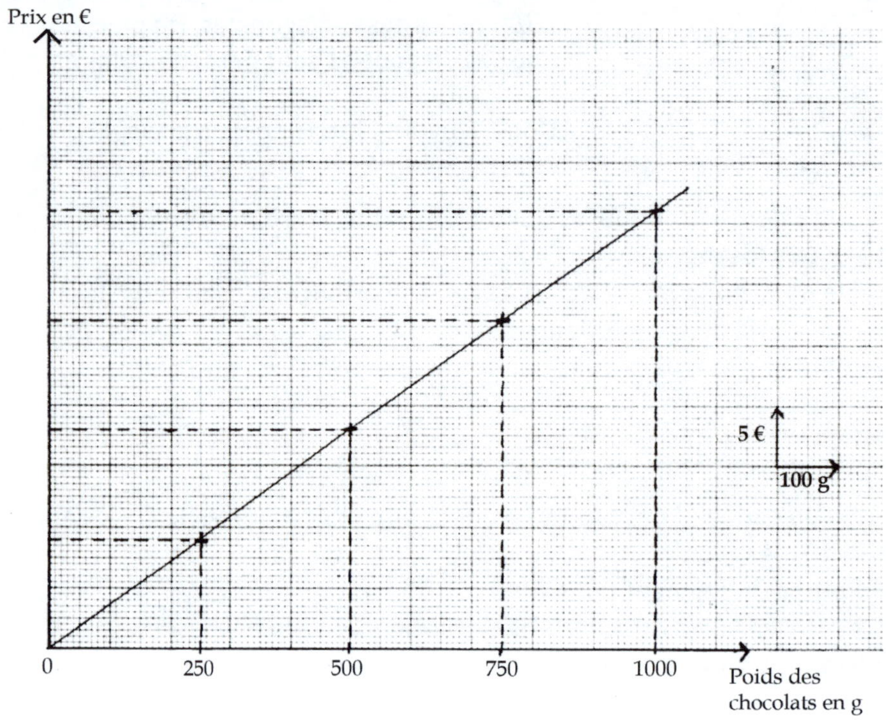

Le prix des chocolats est proportionnel à leur masse car, d'après le tableau les quotients successifs : $\frac{\text{prix}}{\text{masse}}$ sont égaux, les points de la représentation graphique sont alignés sur une droite passant par l'origine.

EXERCICE 69

Durée du parcours en s	1	2	3	4
Distance accourue en m	1,5	3	4,5	6

Les points de la représentation graphique sont alignés avec l'origine du repère donc le tableau est un tableau de proportionnalité. Le nombre correspondant à la durée de 1 s est $1,5$ m donc le coefficient de proportionnalité est $1,5$ m/s.

EXERCICE 70

$3 + 16 + 6 + 2 = 27$

La classe compte 27 élèves.

Histogramme : répartition des élèves de la classe suivant leur âge.

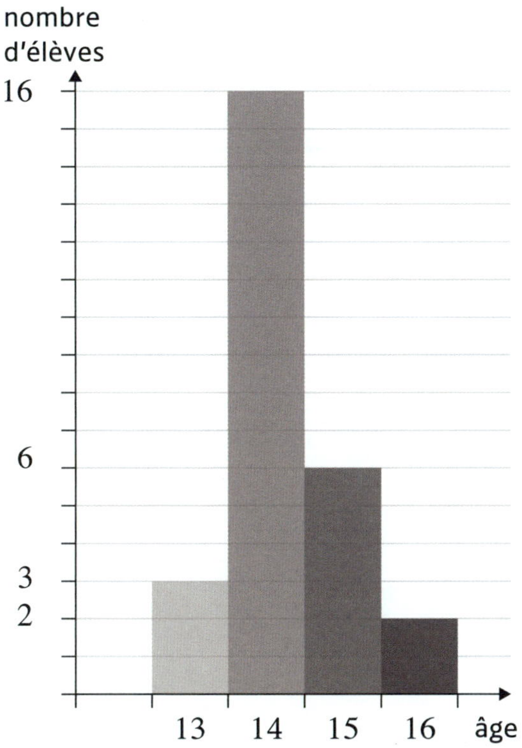

EXERCICE 71

Notes	04	07	08	09	10	12	14	15	18	19
Nombre d'élèves	3	1	2	2	1	5	2	4	3	1

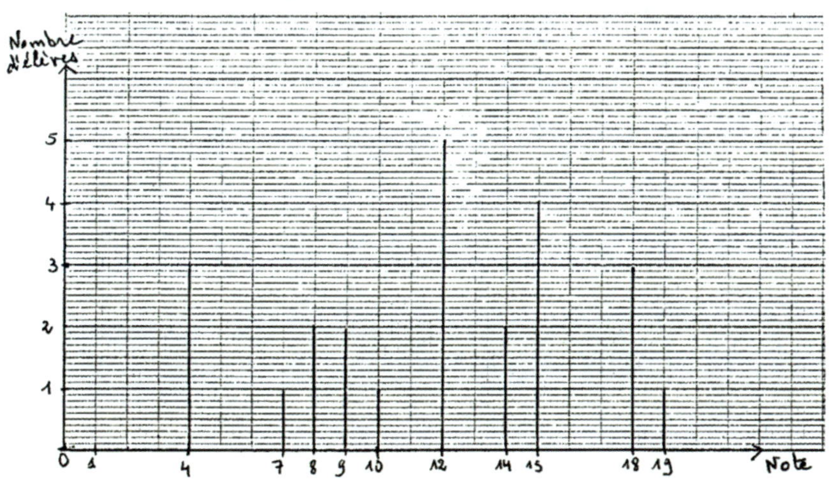

EXERCICE 72

Sur l'histogramme, on voit qu'en ordonnées, l'unité est 1 cm pour 1 kg de chocolat.

Pays	France	Belgique	Grande-Bretagne	Italie	Espagne
Consommation de chocolat en kg	5,6	6,8	8	1,2	2,8

EXERCICE 73

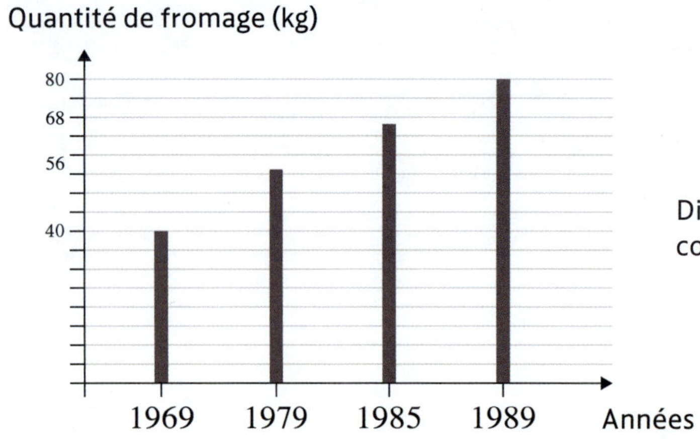

Diagramme en bâtons représentant la consommation de fromage.

EXERCICE 74

$10,5$ dm³	$= 10\,500$ cm³
$38\,000$ mm³	$= 38$ cm³
$0,083$ m³	$= 83\,000$ cm³
$3\,250$ cl	$= 32\,500$ cm³
$1,4$ l	$= 1\,400$ cm³
$\frac{1}{2}$ litre	$= 500$ cm³

EXERCICE 75

L'immersion de la gomme a provoqué un déplacement de $(75 - 50)$ ml de liquide.
Son volume en cm³ sera donc 25 cm³ car 1 ml $= 1$ cm³.

EXERCICE 76

Volume = Surface de base × hauteur = $2 \times 1 \times 4 = 8$ cm³

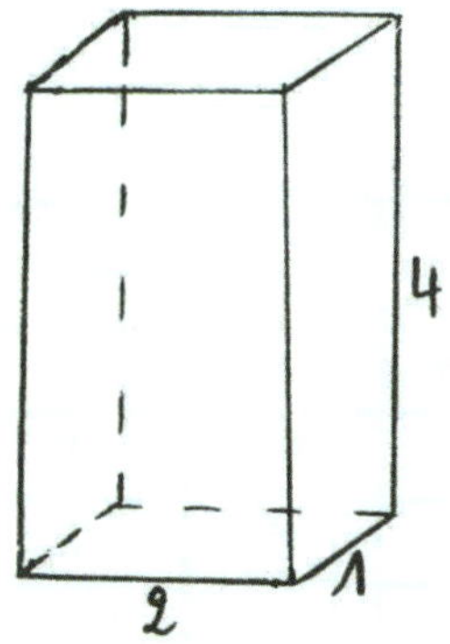

EXERCICE 77

Distance sur la carte	Distance réelle en cm	Distance en km
3 cm	$50\,000 \times 3 = 150\,000$ cm	$1,5$ km
60 cm	$3\,000\,000$ cm	30 km
15 cm	$750\,000$ cm	$7,5$ km

EXERCICE 78

Surface de la base 20 m $\times 10$ m $= 200$ m²
Volume maximum $= 200 \times 1,5 = 300$ m³

Contenance en litre : cherchons le volume d'eau
La hauteur étant de 130 cm $= 1,30$ m car l'eau arrive à 20 cm du bord.
Volume d'eau $= 200 \times 1,3 = 260$ m³ soit $260\,000$ litres d'eau.

EXERCICE 79

On peut s'aider d'un tableau si besoin est.

$3,745$ dm³ $= 3\,745$ cm³ 43 cm³ $= 43$ cm³ $2\,435$ mm³ $= 2,435$ cm³	$A = 3\,790,435$ cm³
537 dm³ $= 537\,000$ cm³ 488 mm³ $= 0,488$ cm³	$B = 536\,999,512$ cm³
$2,75$ m³ $= 2\,750\,000$ cm³ 545 dm³ $= 545\,000$ cm³ $25\,247$ mm³ $= 25,247$ cm³	$C = 3\,295\,025,247$ cm³
$42,55$ hl $= 4255$ l	$D = 4\,252,535$ l
2465 ml $= 2,465$ l	

EXERCICE 80

Longueur réelle d'un tour de circuit :
$18,7$ cm sur la carte au $1/80000^e$ font $18,7 \times 80\,000$ cm soit $14\,960$ m ou $14,96$ km.
La distance parcourue par les cyclistes sera $14,96$ km $\times 10 = 149,6$ km.

EXERCICE 81

$2,80$ m $= 280$ cm correspond à 20 cm soit une échelle de $\frac{20}{280} = \frac{1}{14}$

$3,75$ m $= 375$ cm correspond à 30 cm soit une échelle de $\frac{30}{375} = \frac{1}{12,5}$

Les deux échelles ne sont pas identiques. L'échelle de $1/12,5^e$ ne convient pas pour la largeur de la chambre. Il faudrait une feuille de 22 cm. On choisit donc $1/14^e$ et la chambre sera représentée par un rectangle de 20 cm sur environ $26,8$ cm

EXERCICE 82

Partie 1

1.
Périmètre $= AB + AC + BC$
Donc périmètre $= x + (x+1) + (x+5) = 3x + 6$
Or périmètre $= 27$ cm
Donc $3x + 6 = 27$
Donc $3x = 27 - 6$
Donc $3x = 21$

Donc $x = \frac{21}{3} = 7$

Conclusion : $AB = x = 7$ cm ; $AC = x + 1 = 8$ cm et $BC = x + 5 = 12$ cm

Pour les questions 2. à 4. voir figure ci-après.

5.
O est le point d'intersection des médiatrices des côté $[AC]$ et $[BC]$ donc par propriété de la médiatrice d'un segment :
O est équidistant de A et de C donc on a l'égalité : $OA = OC$
O est équidistant de B et de C donc on a l'égalité : $OB = OC$
On peut en déduire que : $OA = OB = OC$ donc la proposition est vraie

O est équidistant des trois sommets du triangle ABC donc le cercle de centre O et de rayon OA passe par B et C. Ce cercle est appelé le cercle circonscrit au triangle ABC .

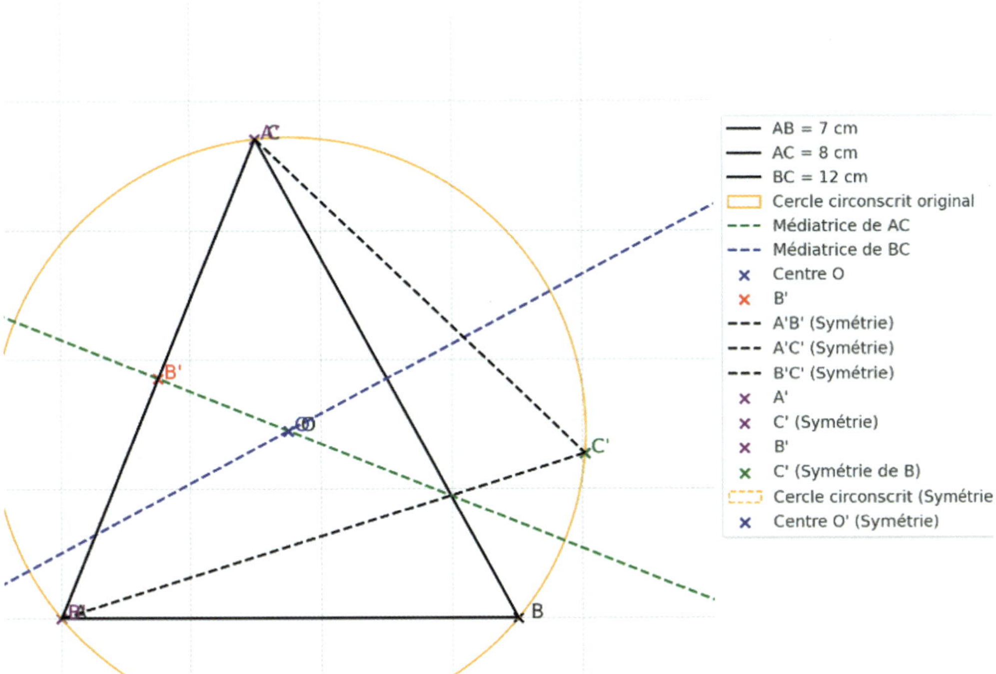

6.
C' est le symétrique de B par rapport à (OB') la médiatrice de $[AC]$
C' est le symétrique de A par rapport à (OB') la médiatrice de $[AC]$
A est le symétrique de C par rapport à (OB') la médiatrice de $[AC]$
Donc Le symétrique par rapport à (OB'), la médiatrice de $[AC]$, du triangle BAC est le triangle $C'CA$
Le point O appartient à (OB') donc le point O est son propre symétrique par rapport à (OB').
Le cercle de centre O a pour symétrique le cercle de même centre et de même rayon donc c'est le cercle initial lui-même.

Par hypothèse, c'est le symétrique du point B par rapport à (OB')
Les points O et B' appartiennent à l'axe de symétrie (OB') donc ils sont leurs propres symétriques.
On peut en déduire que le segment $[B'C']$ a pour symétrique le segment $[B'B]$ donc ces segments ont même longueur, on peut écrire $BB' = B'C'$
Le triangle $BB'C'$ a deux côtés de même longueur : $[B'B]$ et $[B'C']$ donc il est isocèle en B'.
Conclusion le triangle $BB'C''$ est un triangle isocèle en B'

Partie 2
Calcul du volume du cube
La longueur a de l'arête du cube est donnée en décimètres (dm). Pour un cube, le volume $\mathcal{V}$ est donné par :
$\mathcal{V}_{\text{cube}} = a^3$
Pour le cube $a = 3,5$ dm :
$\mathcal{V}_{\text{cube}} = 3,5^3 = 42,875$ dm³

Corrigés

Calcul du volume du pavé

Les dimensions du pavé sont données en différentes unités. Nous devons les convertir toutes en décimètres (dm) avant de calculer le volume.

- $5,1$ dm (déjà en dm)
- $0,09$ m $= 0,09 \times 10$ dm $= 0,9$ dm
- 1120 mm $= 1120 \div 100$ dm $= 11,2$ dm

Le volume du pavé $\mathcal{V}$ est donné par :

$\mathcal{V}_{\text{pavé}} =$ longueur $\times$ largeur $\times$ hauteur

Donc, pour le pavé :

$\mathcal{V}_{\text{pavé}} = 5,1$ dm $\times 0,9$ dm $\times 11,2$ dm $= 51,408$ dm^3

Comparaison des volumes :

- Le volume du cube est de $42,875$ dm^3.
- Le volume du pavé est de $51,408$ dm^3.

Le pavé a un volume plus grand que le cube.

Conversion en litres et vérification pour contenir 50 litres d'eau

1 dm^3 = 1 l.

Donc :

- Le cube peut contenir $42,875$ litres d'eau.
- Le pavé peut contenir $51,408$ litres d'eau.

Le pavé peut contenir 50 litres d'eau, mais le cube ne le peut pas.

Temps nécessaire pour remplir le pavé avec un débit de $0,1$ litre/minute

Pour 50 litres :

Temps $= 50$ litres $\div 0,1$ litres/min $= 500$ minutes

Donc, il faut 500 minutes pour remplir le pavé de 50 litres avec un robinet ayant un débit de $0,1$ litre/min.

500 min $= (60 \times 8 + 20)$ min = **8 h 20 min**

Bilan :

1. Le pavé a un volume plus grand que le cube.
2. Seul le pavé peut contenir 50 litres d'eau.
3. Il faut 8 h 20 minutes pour remplir le pavé de 50 litres avec le débit donné.

CORRIGÉ DU BILAN-TEST

Révision

1 Quelle est l'écriture décimale de $(52 \times 10000) + (7 \times 100) + 8 + \frac{3}{10} + \frac{5}{1000}$?

☑ **b.** 520708,305

$(52 \times 10000) + (7 \times 100) + 8 + \frac{3}{10} + \frac{5}{1000}$
$= 520000 + 700 + 8 + 0,3 + 0,005$
$= 520708,305$

1re période
LEÇON 1

2 0,0342 est le résultat de l'opération :

☑ **c.** $34,2 \div 1000$

On décale la virgule de trois rangs vers la gauche.

1re période
LEÇON 1

3 C est un cercle de centre O et de diamètre $[AB]$.

☑ **c.** $OA = OB$

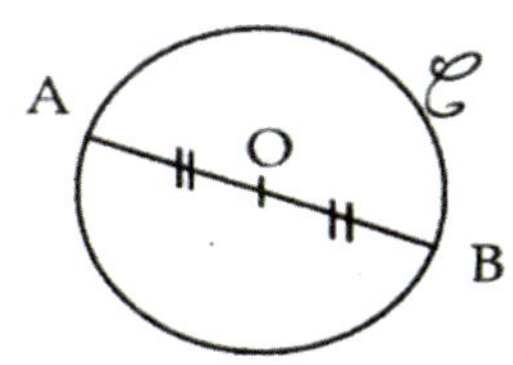

OA et OB sont deux rayons du cercle donc $OA = OB$.

1re période
LEÇON 3

4 Si deux droites sont parallèles, toute perpendiculaire à l'une est :

☑ **b.** perpendiculaire à l'autre.

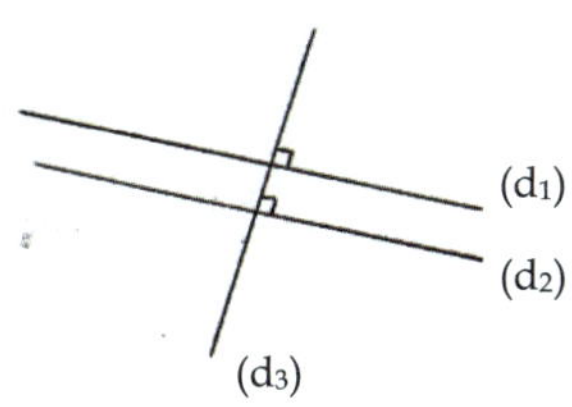

Si $(d1) // (d2)$ et $(d3) \perp (d1)$ alors $(d3) \perp (d2)$.

1re période
LEÇON 4

5 Quel(s) chiffre(s) peux-tu mettre à la place de □ pour que l'inégalité 5,□4 < 5,44 soit vraie ?

☑ **a.** 0 ou 1 ou 2 ou 3

$5,04 < 5,44$; $5,14 < 5,44$; $5,24 < 5,44$; $5,34 < 5,44$ mais $5,44 < 5,44$ est faux.

2e période
LEÇON 1

Corrigés

Révision

6

Quel est le nombre à la fois divisible par 3 et 5 ?

☑ **c.** 585

Le nombre 585 est divisible par 5 car il se termine par 5. Il est aussi divisible par 3 car $5 + 8 + 5 = 18$ et 18 est un multiple de 3.

2e période LEÇON 2

7

Si ABC est un angle aigu, alors sa mesure est comprise entre :

☑ **b.** $0°$ et $90°$

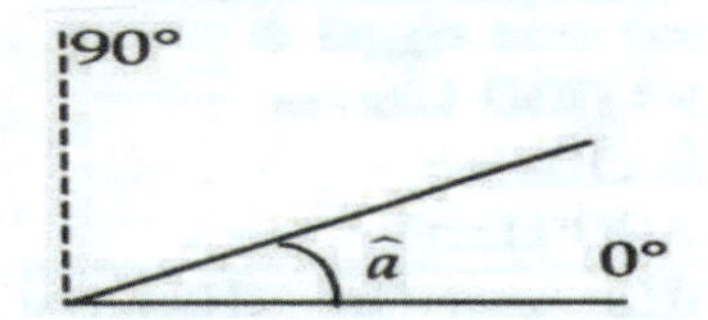

Un angle aigu a sa mesure comprise entre $0°$ et $90°$: $\widehat{a}$ est un angle aigu.

2e période LEÇON 3

8

Le triangle ABC est :

☑ **c.** isocèle en B

Le triangle ABC est isocèle en B car $AB = BC$. B est le sommet principal du triangle.

2e période LEÇON 3

9

La partie correspondante à la partie hachurée du carré est :

☑ **b.** $\frac{3}{4}$

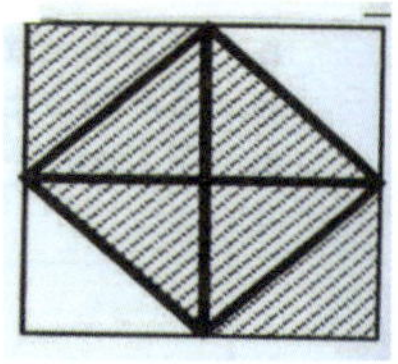

La partie hachurée correspond à la fraction $\frac{6}{8}$ c'est-à-dire $\frac{3}{4}$.

3e période LEÇON 2

10

Si on compare les fractions $\frac{5}{18}$ et $\frac{11}{36}$ alors :

☑ **a.** $\frac{5}{18} < \frac{11}{36}$

Comparons $\frac{5}{18}$ et $\frac{11}{36}$.

$\frac{5}{18} = \frac{5 \times 2}{18 \times 2} = \frac{10}{36}$ $\qquad$ $\frac{10}{36} < \frac{11}{36}$ donc $\frac{5}{18} < \frac{11}{36}$.

3e période LEÇON 2

Révision

11 **Un champ mesure 58 m de long et 32 m de large. Son périmètre vaut :**

☑ **c.** 18 dam

Longueur du champ $L = 58$ m, largeur $l = 32$ m.

Périmètre du champ :

$\mathcal{P} = 2 \times L + 2 \times l = (2 \times 58) + (2 \times 32) = 116 + 64$

$\mathcal{P} = 180$ m $= 18$ dam

3e période LEÇON 3

12 **Si $[Oa)$ est la bissectrice de l'angle $\widehat{xOy}$ alors :**

☑ **a.** $\widehat{xOa} = \widehat{xOy} \div 2$

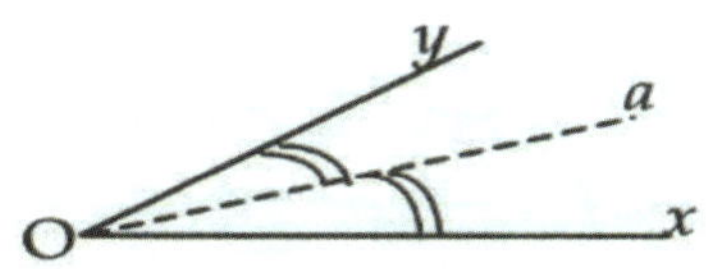

$[Oa)$ est la bissectrice de l'angle $\widehat{xOy}$ donc $\widehat{xOa} = \widehat{xOy} \div 2$

3e période LEÇON 4

13 **La solution de l'équation $43,8 + x = 101,2$ est :**

☑ **a.** $57,4$

$43,8 + x = 101,2$

$x = 101,2 - 43,8$

$x = 57,4$

Vérification : $43,8 + 57,4 = 101,2$

4e période LEÇON 1

14 **Un robinet d'eau permet de remplir un seau de 4 litres en 12 s. Combien de temps, avec le même robinet, faut-il pour remplir une baignoire de 70 litres ?**

☑ **b.** 3 min 30 s

Il faut 12 s pour remplir 4 litres d'eau. Il faudra donc 3 s pour remplir 1 litre. Pour remplir une baignoire de 70 litres, il faudra :

$3 \times 70 = 210$ s $= 3$ min 30 s

4e période LEÇON 2

15 **A est le symétrique de B par rapport à (d') :**

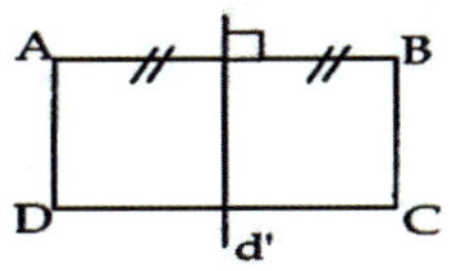

☑ **a.**

A est le symétrique de B par rapport à (d'), donc (d') est la médiatrice de $[AB]$. $(d') \perp [AB]$ et (d') passe par le milieu de $[AB]$.

4e période LEÇON 3

Corrigés

Révision

16 **Un triangle ayant un axe de symétrie est toujours :**

☑ **c.** isocèle

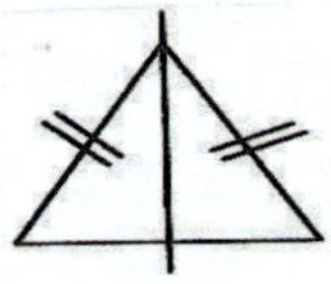

Le triangle isocèle a un seul axe de symétrie. Le triangle équilatéral a 3 axes de symétrie.

4e période LEÇON 3

17 **Si D est le symétrique de C par rapport à (AB) alors :**

☑ **a.** (AB) est la médiatrice de $[CD]$

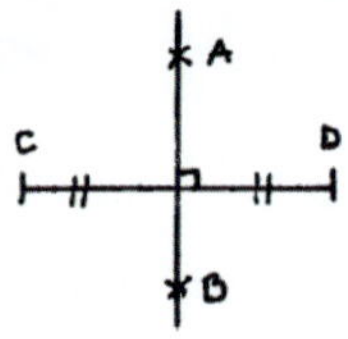

C'est la droite (AB) qui est médiatrice du segment $[CD]$ (dans la réponse c, les notations ne conviennent pas)

4e période LEÇON 4

18 **Le coefficient de proportionnalité du tableau suivant est :**

1,5	7	10,3
3,75	17,5	25,75

☑ **c.** 2,5

4e période LEÇON 4

19 **130 m³ est égal à :**

☑ **a.** 130 000 litres

130 m³ $= 130000$ dm³ $= 130000$ litres

4e période LEÇON 4

20 **Quelle est la distance réelle entre deux villages lorsque leur distance sur une carte à l'échelle 1:200 000 est égale à 3,5 cm ?**

☑ **c.** 7 km

Si l'échelle est 1:200 000, 1 cm correspond à $200\ 000$ cm sur le terrain ; $3{,}5$ cm sur la carte correspond à $3,5 \times 200000 = 700000$ cm = 7 km

4e période LEÇON 4

Votre score	Que faire ?
Entre 16 et 20 points	Vous maîtrisez l'essentiel du cours, il vous faut désormais approfondir vos connaissances. Revoyez les points sur lesquels vous avez encore une marge de progression et fixez-vous pour objectif de réussir tous les exercices, y compris les exercices défis des fiches de synthèse.
Entre 11 et 15 points	Vous maîtrisez certains points du programme mais d'autres sont encore à consolider. Fixez-vous un objectif de progrès en deux étapes : concentrez-vous d'abord sur les périodes sur lesquelles vous avait fait des erreurs puis revoyez les autres périodes.
Moins de 11 points	Les points essentiels du programme sont à revoir. Commencez par bien assimiler le cours en suivant le cahier dans l'ordre, faites tous les exercices, auto-interrogez-vous à l'aide des fiches de synthèse, validez chaque période à l'aide des bilans test de fin de période. Avec méthode et régularité, vous mesurerez rapidement vos progrès.

CORRIGÉ DES BILANS-TEST PAR PÉRIODE

Votre score	Que faire ?
Entre 8 et 10 points	Bravo, vous maîtrisez l'essentiel de la période que vous venez d'étudier. Revoyez les points et les exercices sur lesquels vous avez commis des erreurs et vous atteindrez un excellent niveau.
Entre 6 et 7 points	Vous maîtrisez certains points de la période mais il est indispensable de d'en reprendre l'étude et de consolider les acquis avant de passer à l'étude d'une autre période. Refaites les exercices où vous n'avez pas répondu correctement, puis évaluez-vous à nouveau avec ce bilan-test.
Moins de 6 points	Les points essentiels de la période sont à revoir. Reprenez-en intégralement l'étude, refaites tous les exercices, auto-interrogez-vous sur les points de cours, les analyses et revoyez la fiche de synthèse. Validez cette période en refaisant ce bilan test. Vous pourrez ainsi constater vos progrès

1re période

1 **Le résultat du calcul de l'expression** $A = 5 + \frac{18}{10} \times \frac{3}{10} - \frac{5}{100} + \frac{8}{1000}$ **est :**

☑ **a.** $\frac{5498}{1000}$

$$\begin{aligned} A &= 5 + \frac{18}{10} \times \frac{3}{10} - \frac{5}{100} + \frac{8}{1000} \\ &= \frac{5000}{1000} + \frac{54}{100} - \frac{5}{100} + \frac{8}{1000} \\ &= \frac{5000}{1000} + \frac{540}{1000} - \frac{50}{1000} + \frac{8}{1000} \\ &= \frac{5498}{1000} \end{aligned}$$

2 **Le résultat du calcul de l'expression** $B = (5 + \frac{18}{10}) \times (\frac{3}{10} - \frac{5}{100}) + \frac{8}{1000}$ **est :**

☑ **c.** $\frac{1708}{100}$

$$\begin{aligned} B &= (5 + \frac{18}{10}) \times (\frac{3}{10} - \frac{5}{100}) + \frac{8}{1000} \\ &= \frac{68}{10} \times \frac{25}{100} + \frac{8}{1000} \\ &= \frac{1700}{1000} + \frac{8}{1000} \\ &= \frac{1708}{1000} \end{aligned}$$

3 **Parmi les affirmations suivantes, laquelle est correcte concernant deux droites parallèles ?**

☑ **b.** Elles ne se coupent jamais, quel que soit leur prolongement.

4 **Quelles sont les propriétés d'un carré ?**

☑ **a.** Il a quatre côtés égaux et quatre angles droits.

5 **Quelles sont les propriétés d'un losange ?**

☑ **d.** Il a quatre côtés égaux et ses diagonales sont perpendiculaires.

6 **Quelles sont les propriétés d'un rectangle ?**

☑ **a.** Il a deux paires de côtés parallèles de longueurs différentes et quatre angles droits.

7 **Si vous construisez un carré et un losange avec la même longueur de côté, quelles propriétés seront partagées par ces deux figures ?**

☑ **c.** Ils auront le même périmètre mais des diagonales différentes.

Les quatre côtés du losange et du carré ont même longueur donc ils auront le même périmètre. Les diagonales du losange n'ont pas même longueur et celle du carré ont même longueur mais dans chacun des cas les diagonales se coupent perpendiculairement en leur milieu.

8 **Calculez le périmètre d'un cercle de rayon 5 cm. Utilisez $\pi \approx 3,14$.**

☑ **b.** $31,4$ cm

$\mathcal{P} = 2\pi R = 10\pi \approx 31,4$ cm

9 **Parmi les éléments suivants, lequel correspond à la définition : *Un segment qui relie deux points d'un cercle et passe par le centre* ?**

☑ **c.** Diamètre

10 **Quel est l'ordre de grandeur du produit de $2,8$ et $7,5$?**

☑ **a.** 21

$2,8 \times 7,5 \approx 3 \times 7$ donc $2,8 \times 7,5 \approx 21$

2e période

1 **Quel est le résultat de la division entière de 125 par 7 et le reste ?**

☑ **a.** Quotient : 17, Reste : 6

En effectuant la division euclidienne de 125 par 7, on obtient 17 reste 6.

2 **Encadrez au centième près le quotient décimal approché de 154 divisé par 17 :**

☑ **b.** Entre $9,05$ et $9,10$

En effectuant la division au centième près de 154 par 17, on obtient $9,05$ reste $0,15$.

3 **Parmi les nombres suivants, lequel est divisible à la fois par 3 et par 4 ?**

☑ **d.** 900

Le nombre cherché doit vérifier *la somme des chiffres doit être multiple de trois* et *le chiffre des dizaines et des unités doivent former un nombre multiple de 4* donc seul 900 est multiple de 3 et de 4.

4 **Quel est le plus grand nombre de trois chiffres divisibles à la fois par 5 et 9 ?**

☑ **d.** 990

Les nombres entiers de trois chiffres sont inférieur strictement à 1000.Le plus grand est. 999. Pour qu'il soit multiple de 5 il doit se terminer par 0 ou 5 donc on considère la liste : 995 ; 990 ; 985 ; 980 ; ... pour que ce nombre soit multiple de 9 il faut que la somme de ses chiffres soit multiple de 9 donc 990 est un multiple de 9 et 990 est le plus grand de la liste possible.

5 **Encadrez le quotient de 97 divisé par 18 au dixième près.**

☑ **c.**Entre 5,3 et 5,4

En effectuant la division au dixième près de 97 par 18, on obtient 5,3 reste 1,6.

6 **Encadrez le quotient de 2 250 divisé par 13 à l'unité près.**

☑ **b.** Entre 173 et 174

En effectuant la division à l'unité près de 2 250 par 13 on obtient 173 reste 1.

7 **Vous souhaitez construire un triangle quelconque avec des côtés de longueurs 5 cm, 6 cm et 7 cm. Quelle est la bonne méthode ?**

☑ **b.** Utiliser une règle et un compas pour mesurer les distances et tracer les arcs de cercle.

8 **Pour construire un triangle rectangle dont les côtés mesurent 9 cm, 12 cm, et 15 cm, vous devez :**

☑ **b.** Utiliser un compas pour tracer deux arcs de cercle avec les longueurs des côtés à partir de deux points.

On construit à partir des longueurs des côtés données (on obtient un triangle rectangle nécessairement, ce résultat se démontre en cycle 4).

9 **Un pavé droit a des dimensions de 3 cm, 4 cm, et 5 cm. Parmi les propositions suivantes, laquelle correspond à un patron (développement à plat) d'un pavé droit avec ces dimensions ?**

☑ **c.** Six rectangles : deux de 3 cm × 4 cm, deux de 4 cm × 5 cm, deux de 3 cm × 5 cm.

10 **Vous avez un pavé droit dont les dimensions sont 3 cm, 4 cm, et 5 cm. Combien de petits cubes de 1 cm de côté pouvez-vous placer à l'intérieur ?**

☑ **a.** 60

On peut placer 5 plaques de 4×3 cubes donc 60 cubes.

3e période

1 **Calculer $123 \div 52$. Quel est le quotient arrondi au dixième ?**

☑ **b.** 2,4

En effectuant la division, on obtient 2,36. Le chiffre des centièmes est 6 donc il est supérieur à 5 donc l'arrondi au dixième est 2,4.

2 **Calculer $276 \div 115$. Quel est le quotient arrondi au centième ?**

☑ **b.** 2,40

Car $276 \div 115 = 2,40$ (quotient exact).

3 **Calculer $13,5 \div 4,5$. Quel est l'encadrement au millième de ce quotient ?**

☑ **a.** Entre 2,999 et 3,001

Car $13,5 \div 4,5 = 3$ (quotient exact).

4 **Calculer $11,56 \div 3,2$. Quel est l'encadrement au dixième de ce quotient ?**

☑ **b.** Entre 3,6 et 3,7

Car $11,56 \div 3,2 = 3,6125$ et $3,6 < 3,6125 < 3,7$.

5 **Soit le nombre décimal 5,789. Quelle est sa troncature au centième ?**

☑ **a.**5,78

On *coupe* le nombre derrière le chiffre des centièmes donc on lit 5,78. C'est la valeur par défaut dans l'encadrement au 1/100.

6 **Soit le nombre décimal 8,3451. Quel est son arrondi au millième ?**

☑ **b.** 8,345

Le chiffre des dix-millième est 1 donc est inférieur strictement à 5.

7 **Comparez $\frac{3}{4}$ et $\frac{4}{5}$. Laquelle est la plus grande ?**

☑ **b.** $\frac{4}{5}$

$\frac{3}{4} = \frac{15}{20}$ et $\frac{4}{5} = \frac{16}{20}$.

8 **Un triangle rectangle a des côtés de 6 cm et 8 cm. Quelle est son aire ?**

☑ **b.** 24 cm^2.

On construit à partir des longueurs des côtés données (on obtient un triangle rectangle nécessairement, ce résultat se démontre en cycle 4).

9 **Si un angle est mesuré à 110° avec un rapporteur, quel type d'angle est-ce ?**

☑ **b.** Obtus

Corrigés

10 Quelle description correspond à un angle rentrant ?

☑ **c.** Un angle plus grand que $180°$ mais moins que $360°$.

4e période

1 **Convertissez $2{,}75$ hectolitres en décimètres cubes (dm^3) :**

☑ **b.** 275 dm^3

1 hectolitre $= 100$ litres $= 100$ dm^3, donc $2{,}75$ hectolitres $= 2{,}75 \times 100 = 275$ dm^3.

2 **Convertissez $0{,}0032$ mètres cubes en millilitres :**

☑ **c.** 3200 ml

1 mètre cube (m^3) $= 1000$ $dm^3$$=1000$ l $= 1\ 000\ 000$ ml.

3 **Si $3{,}6$ kg de pommes coûtent $4{,}8$ €, quel est le coefficient de proportionnalité en € par kilogramme ? Exprimez votre réponse sous forme de fraction irréductible :**

☑ **a.** $\frac{4}{3}$ €/kg

$4{,}8$ € $\div 3{,}6$ kg $= \frac{48}{36}$ €/kg $= \frac{4 \times 12}{3 \times 12}$ €/kg $= \frac{4}{3}$ €/kg.

4 **Un vélo parcourt $8{,}4$ km en $0{,}7$ heure. Quel est le coefficient de proportionnalité en kilomètres par heure ? Exprimez votre réponse sous la forme la plus simple possible :**

☑ **a.** 12 km/h

$8{,}4$ km $\div 0{,}7$ h $= (\frac{84}{7})$ km/h $= 12$ km/h.

5 **Un magasin offre une réduction de 35 % sur un jeu de société qui coûte 48 €. Quel est le prix après réduction ?**

☑ **b.** $31{,}20$ €

35% de 48 € $= 0{,}35 \times 48 = 16{,}8$ €. Prix après réduction $= 48 - 16{,}8 = 31{,}2$ €.

6 **On a un triangle ABC tel que $AB = 6$ cm, $AC = 8$ cm, et $BC = 10$ cm. La médiatrice du segment $[BC]$ est tracée. Quelle est la position du symétrique du point A par rapport à cette médiatrice ?**

☑ **c.** À 6 cm de C et à 8 cm de B.

7 **Résolvez l'équation $4,5x = 9,6$:**

☑ **b.** $x = 2,133$

$x = 9,6 \div 4,5$ donc $x = \frac{9,6}{4,5} = \frac{96}{45} = \frac{32}{15}$ en simplifiant par 3

$x \approx 2,13$

8 **Résolvez l'équation $3,75x = 1,5$:**

☑ **a.** $x = 0,4$

$$x = 1,5 \div 3,75 = \frac{1,5}{3,75} = \frac{150}{375} = \frac{10}{25} = \frac{40}{100} = 0,4$$

9 **Un pavé droit a une longueur de 30 cm, une largeur de 0,5 mètre, et une hauteur de 20 cm. Un cube de 1 décimètre de côté est assemblé à ce pavé. Quel est le volume total de l'ensemble en centimètres cubes ?**

☑ **a.** 31 000 cm^3

Volume du pavé $= 30 \times 50 \times 20 = 30000$ cm^3 et volume du cube $= 10 \times 10 \times 10 = 1000$ cm^3. Volume total $= 30000 + 1000 = 31000$ cm^3.

10 **Sur une carte, une distance de 5 cm représente une distance réelle de 2 km. Quelle est l'échelle de la carte ?**

☑ **a.** 1:40 000

2 km = 200 000 cm. Donc 5 cm : 200 000 cm = 1 : 40 000.

Corrigés

Imprimé et relié en France
Novembre 2025
sur les presses de OFFSET5 Édition